CW01626988

Kriza János

CSINOS VITÉZ

Székely népmesék

TINTA KÖNYVKIADÓ
BUDAPEST, 2017

Kiadja a Tinta Könyvkiadó,
az 1795-ben alapított Magyar Könyvkiadók
és Könyvterjesztők Egyesülésének tagja

ISBN 978-963-409-102-8

© Kriza János, 2017
© TINTA Könyvkiadó, 2017

Kiadja a TINTA Könyvkiadó, Budapest
A kiadásért felel: a TINTA Könyvkiadó igazgatója
Az illusztrációkat Mátyási Péter készítette
Felelős szerkesztő: Kiss Bernadett
Műszaki szerkesztő: Heiszer Erika
Borítóterv: Temesi Viola

Minden jog fenntartva.
A jogtulajdonosok előzetes engedélye nélkül
a mű sem részleteiben, sem egészében semmilyen
eljárással nem reprodukálható.

TARTALOM

VIRITÓ PÁL

Egyszer tizenkét vadász, mikor, mikor nem, nincs megírva, vadászott egy nagy sűrű erdőben. A kopók egyszer csak hajtani kezdtek egy rókát, a róka pedig, hogy kikaphatott az erdőből, egyenesen befutott egy rongyos malomba. Kérlelni kezdte a molnárt, hogy rejtse el őt valahova, mert ha a vadászok itt teremnek, vége az életének.

A molnár felkapta a rókát a két hátulsó lábánál fogva, bevetette egy üres szuszékba, s ráverte a lakatot. A vadászok csakhamar odaérkeznek, s kérdezik, hogy hova lett a róka. A molnárnak tudni kell róla, mert látták, hogy éppen a malomba futott be a kopók elől. A molnár azt felelte, hogy ő nem tud róla semmit, lehet, hogy itt a malomárok mellett elrejtette magát a nádasba. A vadászok keresték egy darabig a rókát, de hogy nem találták, elmentek vissza az erdőbe.

Mikor a vadászok már messze jártak, a róka kérni kezdte a molnárt, hogy bocsássa ki őt a szuszékból. A molnár ki is vette, s a róka azt mondta neki:

– No, te molnár, amiért megtartottad az életemet, én sem leszek háládatlan hozzád. Most elég szegény vagy ebben a rongyos malomban, de meglátod, úrrá teszlek – avval elbúcsúzott s elfutott.

Nem telt bele három nap, s megint beállított a róka a malomba, egy nagy rézgomolyát hozott a szájában, s azt mondta:

– No, te molnár, te Virító Pál – így hívták a molnárt –, ezt a gomolyát tedd el jó helyre, hogy ebben hiba ne legyen, ezen semmi karcolás ne essék, még jó hasznát veheted, ha a szerencse megsegít – avval megint elfutott.

Harmadnap újra beállított a róka, hozott a molnárnak egy ezüstgomolyát, s azt mondotta:

– Ennek is jól gondját viseld, hogy el ne vesszen, benne semmi hiba ne legyen.

Egy darab ideig oda volt a róka valahova, s tova tíz nap múlva hozott a molnárnak egy aranygomolyát, s evvel a szóval adta a kezébe:

– No, te Virító Pál, már erre ugyan vigyázz, hogy el ne vesszen, vagy valami karcolás ne essék rajta, mert ez már többet ér a másik kettőnél.

A szegény molnárnak nem volt más jobb helye, beletette hát a három gomolyát abba az üres szuszékba, melybe a rókát zárta volt, s feltette rá a lakatot. A gomolyák ott hevertek vagy három hónapig, s amikor a három hónap eltelt, eljött a róka, s elkérte a rézgomolyát a molnártól.

– Hát te ezt mért veszed vissza tőlem, ha nekem ajándékoztad egyszer? – kérdi tőle a molnár.

– Tudom én, mit csinálok – mondja neki a róka –, te csak bízz rám mindent, a boldogságodat kívánom.

Egy városban, nem messze lakott a Zöld király. Annak volt egy igen-igen szép leánya. A róka elvitte a rézgomolyát ennek a királynak, s azt mondta neki:

– Virító Pál őnagysága tisztelteti felségedet, s evvel a csekély ajándékkal kíván kedveskedni, míg többel is szolgálhat.

– Köszönettel vesszük – mondotta a király –, de szeretnők személyesen is látni Viritó Pál őnagyságát, szívesen elfogadnók a látogatását. Ne felejtsd el neki megmondani.

A róka harmadnap múlva elkérte az ezüstgomolyát is a molnártól, s azt is elvitte a Zöld királynak. A király megköszönte az ajándékot, s akkor is azt mondotta:

– Bár láthatnók már őnagyságát! Nem valami alávaló személy lehet, ha efféle ajándékkal tud szolgálni.

A róka eltávozott a király udvarából, s egy hét múlva elkérte az aranygomolyát is a molnártól. Elvitte a Zöld királynak, s azt mondta neki:

– Viritó Pál őnagysága harmadszor is tiszteleti felségedet, s újabban is kíván egy kis ajándékkal kedveskedni.

A királynak egész háza népe csodálkozott a fényes ajándékon, nézegették az aranygomolyát, s azt mondották a rókának, hogy Viritó Pál őnagyságát tisztelik, s mielőbb elvárják az udvarban. Hadd lássák, miféle előkelő ember az, aki ilyenekkel tud kedveskedni.

A róka megígérte a királynak, hogy nemsokára udvarába fogja kísérni Viritó Pál őnagyságát. Avval visszament a molnárhoz, s elbeszélte neki, hogy hova vitte ő a gomolyákat, s hogy a Zöld király mennyire óhajtja őt látni. Sürgetni kezdte hát a molnárt.

– No, csak készülj s menjünk, mert várnak erősen.

– Én menjek, én? Én tudom, hogy sohasem, ilyen rongyosan, egy király eleibe, hogy szégyenkezzem s pironkodjak. Nem megyek biz én, ha a gomolyák mind odavesznek is. Eredj el te, ha neked úgy tetszik, de én tudom, sohasem.

– Ne félj te semmit – azt mondja a róka –, csak fogadd meg, amit mondok, s én mindent eligazítok a legjobb módon.

Megbátorodik a molnár, s elindulnak ketten. Mikor egy nagy erdőn mennek keresztül, s leülnek egy keveset pihenni, azt mondja a róka a molnárnak:

– Van acél s kova nálad? Tudsz vele tüzet csinálni? Ki tudsz ütni?

– Én ki – azt mondja a molnár. Ki is ütött, s jó tüzet csináltak.

Mikor a legjobban lobogott a tűz, a róka levetkeztette a molnárt anyaszült meztelenre, s a rongyos ruháját bedobta a tűzbe, s az mindenestől fogva hamuvá égette. Volt a közelben egy nagyon nagy bükkfa, abba beállította a molnárt mezítelen, s meghagyta neki, hogy onnan ki ne mozduljon, amíg ő vissza nem jön, s fel nem öltözteti a legszebb ruhába. Avval elfutott, egyenesen a Zöld királyhoz. Mikor a király meglátta, hogy megint egyedül jön, azt kérdezte tőle:

– Hát ugyan most sem jött el Viritó Pál őnagysága?

– Jaj, elindultunk volt mi őnagyságával – azt mondja a róka –, de amint jöttünk a nagy erdőben, hat lóval, hintóval, tizenkét tolvaj csak kirohant a sűrűből, mind fegyveresen, a hatlovas hintót elrabolták, s el is hajtották. Viritó Pál őnagyságának minden pénzét elvették, lehúzták róla a drága köntösét is, s anyaszült mezítelen hagyták. Szégyenletében beállott egy bükkfa odvába, s ott várakozik, amíg én valami köntöst viszek valahonnan, hogy felöltöztessem.

Erősen sajnálta a király, szánakozott Viritó Pál őnagyságán, de nem késett, hanem egyszeribe befogatott hat lovat a maga hintójába, beleültetett két inast, és elküldte a legdrágább királyi ruháját, hogy abba öltöztessék fel Virító Pált, s úgy hozzák el a hintón az ő udvarába.

Elindultak hát a hintóval, s mikor az odvas fától egy puskalövésre voltak, azt mondja a róka az inasoknak:

– Ti csak álljatok meg egy kevés ideig itt, míg én felöltöztetem őnagyságát, mert a szemérem nem engedi, hogy így szem előtt öltözködjék.

Veszi a róka a drága köntöst, viszi az odvas fához, kihívja Virító Pált az odúból. Ott közel volt egy tó, abba beleállítja, s mind felmos rá egy rúd szappant, hogy egészen megfehérült, s akkor felöltöztette a Zöld király ruhájába, s azután elvezette a hintóhoz. Hogy az inasok meglátták, kétfelől karonfogták, felültették a hintóba, s bevitték a király udvarába. A király kijött Virító Pál elé a palotából, meghajtotta magát, és köszöntötték egymást annak rendje s módja szerint, s a két inas bevezette a várva várt vendéget a király fényes palotájába.

Virító Pál ott mulatott a királyi udvarban néhány hétig, s mivel ügyibe való legény volt, s jól is forgolódott, a király leánya igen megszerette. Addig s addig, hogy utoljára megesküdtek együtt a király s a királyné beleegyezésével.

Mikor egy hónap telt volt el a lakodalmi nagy vendégség után, s Virító Pál a feleségével karonfogva kint sétált egyszer a kertben, azt mondotta neki az új asszony:

– Édesem, szeretném, ha elmennénk, hogy lássam meg én is a te udvarodat s jószágodat. Úgy hiszem, neked még pompásabb kastélyod van, mint ez a mienk.

– Ó, kincsem – azt mondja rá Virító Pál –, ha mi egyszer oda elmegyünk, onnan többet ide vissza egyszer sem jöhetünk.

– Nem bánom én, ha nem jöhetünk is, mert én veled akárhol ellakom ezen a világon.

Ezen úgy megijedt Viritó Pál, hogy szinte kétségbeesett, mert neki bizony egy talpalatnyi jószága sem volt, sehol az isten földjén. Elgondolta, hogy mekkora szégyent fog ő vallani, ha kimegy ebből a kastélyból. Mit volt mit tenni, csak rá kellett szánja magát, s elment, hogy elmondja búját-baját a rókának. De a róka biztatta, hogy semmit se gyötrődjék, csak induljon el bátran, majd csak jól fog kisülni a dolog.

Felkészültek hát másnap, a király befogatott hat lovat egy hintó eleibe, s abba beleült Viritó Pál feleségestől. A király egy század katonát is rendelt melléjük bátorság okáért. Elbúcsúztak egymástól s elindultak. A róka mindenütt elöl ment, s ahogy megy, elér egy nagy tehéncsordát, s megkérdi:

– Pásztor, kié ez a tehéncsorda?

A pásztor azt feleli neki:

– Ez a vasfogú bábáé, mi bajod vele?

– Az a bajom, ördögadta – azt mondja a róka –, hogy itt hátul jön egy sereg katona s utánuk egy hatlovas hintó. Amikor azok ide érkeznek, megkérdezik, kié ez a tehéncsorda, ha te azt találod mondani, hogy a vasfogú bábáé, a katonák mindjárt fejedet veszik, de ha azt feleled, hogy a Viritó Pál őnagyságáé, meghagyják életedet.

– De már én inkább azt mondom, amit te mondasz, mintsem elveszítsem a fejemet.

Megérkezik a hintó, kihajol az új asszony az ablakon, s kérdi a pásztortól:

– Kié ez a tehéncsorda?

– Ez a Viritó Pál őnagyságáé – feleli a pásztor.

– Jól van – azt mondja az asszony –, ezután én leszek a ti asszonyotok, viseljetek jól gondot a marhákra, nehogy kár essék bennük – s egy csomó aranyat nyomott a pásztor markába.

A róka ezalatt elér egy ökörcsordát, s kérdi:

– Kié ez az ökörcsorda, pásztor?

Feleli neki a pásztor:

– Ez a vasfogú bábáé, mi bajod vele?

– Az a bajom – azt mondja a róka –, hogy itt hátul jön egy hintó s egy sereg katona. Mikor azok ide érkeznek, azt kérdi valaki a hintóból, kié ez az ökörcsorda. Ha te azt feleled, hogy a vasfogú bábáé, mindjárt elvágják a nyakadat a katonák, ha pedig azt mondod, hogy a Viritó Pál őnagyságáé, meghagyják életedet, még meg is ajándékoznak.

– Inkább hát azt mondom, mintsem a fejem elveszszen – mondja rá a pásztor.

Megérkezik a hintó, s kérdi az új asszony:

– Kié ez az ökörcsorda, pásztor?

– Ez a Viritó Pál őnagyságáé – feleli a pásztor.

– Jól van – azt mondja az asszony –, ezután én leszek a ti asszonyotok. Jól vigyázzatok, nehogy a farkas kárt tegyen a marhában – egy csomó pénzt nyomott a pásztor markába, s avval továbbhaladt a hintó.

A róka harmadszor elér egy nagy ménescsordát, s kérdi a pásztortól:

– Kié ez a ménescsorda, te pásztor?

Azt mondja a pásztor:

– Ez a vasfogú bábáé, mi bajod vele?

– Az a bajom, ördögadta, hogy tova nem messze jön errefelé egy sereg lovas katona, utánuk egy hatlovas hintó. Valaki azt kérdi tőled abból a hintóból, kié ez a ménescsorda. Ha te azt találod felelni, hogy a vasfogú bábáé, azok a katonák mindjárt fejedet veszik. Ha pedig azt mondod, hogy a Viritó Pál őnagyságáé, az életed is megmarad, s még szép ajándékot is kapsz mellette.

– De biz én inkább azt mondom, ahogy te mondtad – feleli a pásztor –, mintsem elveszítsem a fejemet.

Csakhamar odaérkezik a hintó, s kérdi a Viritó Pál felesége a pásztortól:

– Kié ez a csorda, ménespásztor?

– Ez a Viritó Pál őnagyságáé – mondja a pásztor.

– Jól van, jól – azt mondja az asszony –, ezután én leszek a ti asszonyotok, vigyázzatok, nehogy a tolvajok ellopjanak vagy egy lovat a ménesből – és egy csomó aranyat ad a pásztornak.

Mentek már mind tovább s tovább. A róka mindenütt ment elöl, s egyszer meglátja távolról a vasfogú bába kastélyát. Az a kastély pedig olyan volt, amilyen kastélya sem a Zöld királynak, sem más ember fiának ezen a világon nem volt, mert az egy csodálatos aranysarkon fordult. Abban lakott az a vasfogú bába, akitől minden ember félt a környéken, mert olyan istentelen teremtés volt, hogy ha valakire megharagudott, azt a fogával szaggatta széjjel haragjában. Emiatt aztán cselédet sem kapott utoljára, s még az utazók is messzire elkerülték a kastélyát. Egyesen-egyedül ült a fényes kastélyban, mikor a róka betoppant hozzá. Elkezdi a róka mondani neki nagy lelkendezéssel:

– Ó, te jó asszonyság, mennyire sajnállak én téged, mert igen nagy, felette nagy veszedelem fenyeget, s én azért jövök hozzád olyan nagy sietve, hogy ha csak lehet, megmentsem életedet. Elvádoltak téged a király előtt a sok elkövetett gonoszságod miatt, s most küld reád egy sereg katonát avval a parancsolattal, hogy téged elfogjanak, s borsószalmán megégessenek. Nézz csak ki az ablakon, hogy jőnek a katonák tova a lejtőn, befelé. Ugyan porzik az út utánuk!

Kinéz a vasfogú bába a kastély ablakán, s meglátja a sereg katonát, hogy jőnek arrafelé, s úgy megijedt, hogy még a hideg is rázni kezdette, hogy kocogott a vasfoga belé. Azt mondja a rókának nagy reszketve:

– Jaj, édes rókám, tied a kastélyom, fele vagyonom, csak segíts rajtam, mentsd meg az életemet.

A róka fogja magát, kihívja a vasfogú bábát, hátra a csüröskertbe, ott volt egy kazal szalma, annak az oldalába egy lyukat vájtak ketten, jó mélyet, oda bebújt a vasfogú bába. A róka sebesen visszafut a konyhába, hoz egy tüzes üszköt, avval meggyújtja a szalmát, s elégeti a szalmával együtt a vasfogú bábát. Akkor visszamegy a kastélyba, s ott várakozik, hogy illendő módon fogadhassa Viritó Pált.

Csakhamar megérkezett Viritó Pál hintóstól, feleségestől s velük a katonák is. A róka bevezérelte őket a sarkonforduló kastélyba, s a királyleány s a katonák mindent igen megcsodáltak. Nagyon örvendeztek, kivált Viritó Pál, hogy olyan szerencsésen sült ki a dolog. Azután nagy vendégséget készítettek, tál, kanál elég volt, de istenes ember volt, aki egy kanál levest kapott.

A katonák másnap visszamentek a Zöld királyhoz, hogy hírül vigyék neki, milyen jó helyen hagyták a leányát. Az új házasoké lett az irtózatos vasfogú bába kastélya, s annak minden néven nevezendő vagyona, s ott maradt nekik a hatlovas hintó is.

A rókát Viritó Pál ott tartotta egy házban magukkal, ott volt a helye éjjelenként a meleg tűzhelyen. A róka egy éjjel közelebb talált feküdni a tűzhöz, s megperzselődött a szőre.

– Miféle perzsbűz van itt? Én ezt ki nem állhatom – azt mondja az asszony az ágyból, s felkölti az inast, akit magával hozott volt, s avval kivetteti a rókát a konyhába.

Reggel kimegy a házból Viritó Pál, szembejön vele a róka, s azt mondja neki:

– No, te Viritó Pál, ha a te udvarodban még egyszer úgy bánnak velem, mint az elmúlt éjjel, tudd meg, hogy éppen olyan szegény koldussá teszlek, mint a puszta malomban voltál.

– Ne búsulj, mert jobban gondom lesz reád ezután – azt mondotta neki Viritó Pál, s úgy is lett, amint mondotta.

Egy napon a róka félrehívta Viritó Pált, s azt mondta neki:

– Hallod-e, te Viritó Pál, én elmondom neked az én történetemet, amit mindeddig titokban tartottam előtted. Valamikor én is olyan emberféle voltam, mint te, s mikor immár felcseperedett fickó voltam, hát mi tagadás, a testvéröcsémmel elloptuk volt egy gazdag özvegyasszonynak a kövér lúdját.

Az az özvegyasszony aztán elment az ördöngős szigetbe, egy ördöngős boszorkány vén szüléhez, annak adott egy csomó pénzt, s az rókává változtatott mind a kettőnket. A testvérem nem tudom, hova lett, mert soha hírét nem hallottam, én pedig ide kerültem a te udvarodba.

Virító Pál bevitte a rókát a maga házába, s meghagyta a feleségének és az inasoknak, hogy jól gondját viseljék, mert ő sokat élt szolgálatjában. Akkor elment az ördöngős szigetbe, száz aranyat vitt, s az ördöngős szüle ismét emberré változtatta a rókát.

Onnan hazajött Virító Pál, s egy pompás kis házat építtetett neki, az ő sok szolgálatjáért, s abban lakott élete fogytáig. Virító Pálnak ha valami kényes dolga fordult elő, mindenkor vele megtanácskozta. Ott élnek ma is, a sarkonforduló kastélyban, ha eddig meg nem haltak.

A CSÓKA LÁNYOK

Egy asszonynak volt egyszer tizenkét leánya. Ez a tizenkét leány olyan szájas, vakmerő volt, hogy az anyjuknak egy szavát sem fogadták meg, s annyit nyelveltek egymással, hogy egy óráig sem volt csendesség a háznál. Az anyjuk egyszer úgy elkeseredett, hogy azt találta mondani:

– Immár a fülem is tele van a lármátokkal, adja isten, hogy változzatok mind csókákká.

Hát a tizenkét leány egyszeribe csókává változott, s ahogy kinyitotta az ajtót, a tizenkét csóka úgy kirepült rajta, hogy a szemét is majd kiverték. Ki a házból, fel a levegőbe, éppen a felhőkig. Az asszony kiállott az ajtó elé, s látja, hogy azok a csókák egyszer még alább szálltak, aztán megkerengték magukat a ház fölött, s avval eltűntek napnyugat fele. Nekifogott búsulni, hogy neki már leánya egy sincs, bár egy megmaradott volna a tizenkettő közül. Bánta, hogy úgy megátkozta őket, de már nem volt mit tenni, s elgondolta magában, hogy az Isten nem ok nélkül verte meg a leányait, akik annyi szép intése után neki soha egyetlen szavát sem fogadták meg.

Amikor a tizenkét leány odalett, az anyjuk éppen gyermeket várt, s mikor az ideje eljött, született egy szép fiúgyermeke. Mikor ez a fiú nagyobbacska lett, kérdi az anyjától:

– Hát, anyám, nekem sohasem volt egy testvérem se? Az annyi idős asszonyoknak, mint kigyelmed, öthat gyermeke is van a faluban.

Azt mondotta az anyja:

– Nekem, fiam, nem volt több gyermekem rajtad kívül.

De a fiú későbben hallotta a faluban, hogy neki még volt tizenkét leánytestvére, s azok mind csókává változtak, s úgy elrepültek, hogy hírüket sem hallották.

– Na, anyám – azt mondja egyszer a fiú –, hallottam a faluban, hogy nekem volt tizenkét leánytestvérem. Ha törik-szakad, addig meg nem nyugszom, amíg őket fel nem találom, akármelyik szegletében legyenek a világnak.

Az anyja váltig marasztalta, mondogatta, hogy ne menjen, mert kifogy belőle is, de mikor látta, hogy nincs kivel beszélni, jól feltarisznyálta, s útnak indította.

Megy, megy a fiú hetedhét országon is túl, hegyeken-völgyeken, havasokon-tengereken, kősziklákon keresztül. Egyszer, amint megy, meglát messze-messze egy kőszikla havas aljában egy remeteházat.

– Ó, bár én ma estére ahhoz a remeteházhoz érkezhetnék – azt mondja magában.

El is érkezett oda estére s bement. Hát ott egy olyan öregasszony lakott, akinél öregebbet még életében nem látott. Így köszönt neki:

– Adjon isten jó estét, anyámasszony!

Az asszony fogadja a köszöntést, s azt mondja:

– Köszönd, fiam, hogy anyádnak szólítottál, mert különben hidd meg, hogy elnyeltelek volna téged egészben ebben a szempillantásban. Mit keresel te itt, ahol emberi teremtés soha sem jár?

A fiú elbeszélte, hogy ő tizenkét leánytestvérét keresi, akik csókává változtatva elrepültek.

– Jól van – azt mondja az öregasszony –, holnap reggel majd tudakozunk valamit felőlük.

Jó vacsorát készített a fiúnak, ágyat is vetett neki s lefeküdtek. Jó reggel, hogy felkelnek mind a ketten, az öregasszony kivesz a ládából egy sípot, kiáll a fiúval az ajtó elé s megfújja. Hát amennyi csúszó-mászó állat van a világon, mind a ház körül terem, hogy ellepték kereken az egész térséget. A vénasszony tudakozódik, kérdezősködik ezektől a csúszó-mászó állatoktól, hogy nem hallottak-e valami hírt olyan tizenkét csókáról, akik soha a többi csókasereg közé nem elegyednek, hanem örökké külön járnak magukban. De az egész sereg mind azt felelte, hogy ők soha még hírt sem hallottak afféle csókákról. Akkor a vénasszony szavára valamennyi csúszó-mászó hazatakarodott. A fiú is elbúcsúzott tőle, s ismét útnak indult.

Ment, ment, mindaddig ment, míg estére elért egy másik remeteházat a kősziklahavas derekában. Bement abba is, s hát abban a másiknál egy még sokkal vénebb asszonyt lát. Köszön neki illendőképpen:

– Jó estét adjon Isten kegyelmednek, anyámasszony!

– Köszönd, hogy anyádnak szólítottál – azt mondja a vénasszony –, mert különben a medvékkel szaggattattalak volna szét. De mi járásod van neked itt, ahol emberféle, mióta itt lakom, még eddig soha meg nem fordult?

A fiú elbeszélte, hogy mi járatban van.

– Jól van, fiam – azt mondja a vénasszony –, bízom benne, hogy holnap reggel csak hallunk valamit

a testvéreidről. Hanem most egyél, s aztán feküdj le. Tudom, meg is éheztél, meg is fáradtál erősen a véghetetlen hosszú úton.

A fiú jól megvacsorázott, aztán lefeküdt, s egykettőre úgy elaludt, mintha éppen agyonütötték volna.

Másnap reggel felkölti a vénasszony, kiáll vele az ajtó elé, s megfújja a sípját. Hát amennyi négylábú állat van a világon, mind ott termett egy félóra alatt. A szegény fiú, mikor meglátta őket, szinte lerogyott ijedtében.

– Azt kérdem én tőletek – azt mondja a vénasszony a négylábú állatoknak –, nem tudtok-e valamit arról a tizenkét csókáról, akik örökké csak magukra járnak, s a többi nagy csókasereg közé soha nem vegyülnek?

– Nem tudunk bizony mi semmit, nem is hallottunk soha senkitől legkisebb hírt sem felőlük – mondták a négylábú állatok.

A vénasszony intett nekik, s egytől egyig mind elszéledtek, hazatakarodtak a maguk helyére.

A fiú erősen megbúsult, hogy itt sem hallhatott semmi hírt a nénjei felől. Megköszönte a szállást a vénasszonynak, s jó remény fejében tovább folytatta útját.

Ment, ment egy kénköves tó mellett, s azon túl egy örökké égő hegy mellett, ment mind tovább s tovább, s egy nagy kőszikla tetős tetejében ismét meglát egy remeteházat. Megkettőzteti a lépéseit, hogy estére odajuthasson, s el is érkezett oda. Bemegy, hát ott a másik kettőnél is vénebb asszonyt talált.

– Szerencsés jó estét adjon Isten kigyelmednek, anyámasszony! – így köszöntött reá, de most immár nagyobb bátorsággal, mint a két elsőnél.

– Köszönd, hogy anyádnak szólítottál – azt mondja a vénasszony –, különben a sasokkal tépettelek volna széjjel. Mi járásbeli vagy te ezen a helyen, hol emberi lélek még sohasem járt rajtad kívül?

A fiú itt is elbeszélte, hogy ő mi járásbeli volna.

– Ne búsulj semmit, fiam – azt mondja a vénasszony –, nekem erős reménységem vagyon, hogy holnap hallunk valamit a te nénjeidről.

A vénasszony jó vacsorát adott a fiúnak, puha ágyat készített, s maga is lepihent.

Mihelyt megvirradt, a vénasszony a fiút szépen felköltötte, kivett a ládából három sípot, s kiállt az ajtó elébe. Ott fújni kezdte a legkisebb sípot, s arra a legapróbb szárnyasállatok egyszerre mind ott termettek. Megfújja a második sípot is, s akkor eléjönnek a középnagyságú szárnyasállatok. Megfújja a harmadik sípot is utoljára, s akkor a legnagyobb szárnyasállatok a világ minden részéből odagyűlnek nagy sereggel, hogy az ember szeme nem lephette el.

Széjjelnéz a vénasszony a töméntelen seregen, s azt mondja nagy bosszúsan:

– Még egy híja van a seregnek, úgy látom.

Csakhamar jött is egy holló, de annak vérezett a szárnya.

Azt nem nézte a vénasszony, hanem csak megpirongatta, hogy a parancsolatra így elkésett a többi madaraktól.

– Ne bánts engem – azt mondja a holló –, ne bánts, nem vagyok én hibás. Mindjárt megmondom az okát is, hogy miért késtem el a többi madárseregtől. Mihelyt a sípszót meghallottam, egyszeribe mint a nyíl, olyan sebesen kezdettem repülni errefelé. De utamban megláttam egy szörnyű nagy veres tornyot. Az a torony olyan magas volt, hogy a gombja, egészen aranyból, száz öllel is felül ért a felhőkön. Én abban a toronyban olyan csóka csárogást, csevegést hallottam, hogy ahhoz foghatót még soha eddigelé. Azért megállapodtam egy kevés ideig, leszálltam egy virágos almafára, ott a toronyhoz közel, s ott hallgattam egy kicsinyég azt a különös csárogást s azt a sok csevegést. Míg ott üldögéltem, hallottam, hogy mit beszélnek a jövő-menő emberek ott a torony körül. Azok azt beszélték, hogy abban a toronyban tizenkét csóka lakik néhány esztendőtől fogva. Sokszor mind a tizenkettő megkerüli a tornyot nagy lármával, csácsogással, sokszor tizenegy elmegy eledelt keresni, a tizenkettedik meg otthon marad, hogy vigyázzon, s ügyeljen ott, de azokhoz emberi teremtésféle soha fel nem mehet. Amíg én ott hallgatóztam, egy vadász reám irányozta puskáját, s eltörte az egyik szárnyam hegyét. Emiatt lassabban tudtam csak repülni, ez az oka, hogy elkéstem a többi társamtól.

A holló megmondta azt is, hogy melyik szegletében van a világnak az a veres torony, amelyet ő látott.

– No, jól van – azt mondja az öregasszony –, nincsen semmi hiba, éppen ez kellett nekünk is. Ti immár, többi szárnyas, elmehettek.

El is mentek azok mind, ahonnan jöttek. A vénasszony egy darabocska vékony csontot adott a fiúnak, s azt mondta neki:

– No, te fiú, mindeddig hiába fáradtál, de most már nem lesz hiábavaló a te fáradságod, mert nem sok idő múlva megtalálod a te nénéidet. Mikor azt a veres tornyot eléred, ezt a két darab csontot támaszd a torony oldala mellé, s gondolj reám. Meglátod, hogy abból a két darab csontból egy szempillantás alatt olyan irgalmatlan hosszú lajtorja lesz, hogy te azon bátran felhághatsz éppen arra a helyre, ahol a tizenkét csóka lakik.

Elment hát a fiú, s hosszú, terhes utazás után reátalált a veres toronyra, s amint a vénasszony meghagyta volt neki, a torony tövéhez állította a két kicsiny darab csontot. Akkor reágondolt a vénasszonyra, s a két kis csontból lett egy véghetetlen hosszú lajtorja, és a fiú felhágott azon éppen oda, ahol a csókák vertek szállást maguknak. Tizenegy csóka oda volt éppen eledelt keresni, csak egy maradt otthon őrzőnek, de az az egy nem csóka, hanem szép leány képében. Ahogy a fiú bement a nagy, tágas hajlékba, a leány először egy kicsit megijedt, de csakhamar nekibátorodott, s beszédbe eredt a fiúval, s rendre minden házi dolgokat megmutogatott neki, s elbeszélte, hogy a tizenkét testvér, amíg a toronyból eledelt keresni jár, mindig szárnyas csóka, de mikor visszajönnek, csak átalbukik a fején mindegyik, s leányokká változnak. A fiú is elmondta, hogy mi járásbeli, s azt is, hogy ő éppen testvére a leányoknak, s azért jött, hogy őket felkeresse s hazahívja, s most immár valahára, sok sanyarú utazás után rájuk akadt szerencsésen.

Egyszer csak messziről valami nagy csárogást hallanak, s azt mondja a leány a fiúnak:

– Bújj csak el egy kis időre, ahova lehet, mert jönnek a nénéim. S ha hirtelen meg nem mondhatom, hogy ki vagy, a szemedet is kivájják, kivált a legnagyobbik igen mérges.

A leány elrejtette a fiút, éppen a hetedik szobába, s rázárta az ajtót. Nemsokára megérkezett a tizenegy csóka, általbuktak a fejükön, s lett belőlük tizenegy leány. Ki-ki leült a maga helyére, s aztán járkálni kezdtek ide s tova. Egyszer azt mondja a legnagyobb leány haragosan, fintorogva:

– Mi dolog lehet ez? Én idegen szagot érzek! – tapodni kezdett mérgesen, mindent hányt-vetett a házban, és szembefogta a kisebb leányt, mondaná meg, honnan van az az idegen bűz.

A kisebb leány lecsendesítette a nénjeit, s így szólt hozzájuk:

– Tudjátok, nénéim, mikor apánk házától eljöttünk, anyánk akkor gyermeket várt, s nemsokára született egy fia. Az a fiú nőtt, megnőtt nagyra, s elindult tűzön-vízen, az életét is kockára tette, hogy minket felkeressen, apánkhoz, anyánkhoz hazavezéreljen. Sok sanyarú utazás után itt most reánk talált, itt van, de én elrejtettem, nehogy hirtelenében bántsátok, amíg meg nem tudjátok, ki ő, s miért jött.

Erre a leányok úgy megörvendtek, hogy ugrálni kezdtek örömükben, előhozták a fiútestvérüket a rejtekből, és mind rendre ölelgették. Mikor elbeszélte a fiú érettük tett sok sanyarú utazását, mind sírni kezdettek. Immár az volt hátra, hogy induljanak hazájukba. De előbb felfogadták, hogy ezután engedelmes leányai lesznek anyjuknak, apjuknak.

Mikor az idő annyira megsötétült, szép lassan leszálltak a lajtorján mind a tizenhárman, s a fiútestvér újabb hosszú utazás után elvezérelte őket az apai házhoz. Mikor a tizenkét leány a fiúval belépett az ajtón, anyjuk, apjuk nem tudott hamarjában hova lenni a nagy örömtől.

Estére bőséges vacsorát készítettek, arra meghívtak minden atyafit, sógorságot, keresztapát és szomszédokat. A leányok ez időtől fogva jámborul s olyan jól viselték magukat, hogy hírük ment mindenfelé. Mind a tizenkettő becsületes, jó férjet talált magának, s egy esztendő alatt mentek férjhez mind a tizenketten. A fiútestvérük nemsokára megházasodott, kapott egy olyan jó feleséget, amilyet csak kívánni lehet, s avval boldogan él ma is, ha meg nem halt.

A REST LEÁNY

Egyszer volt egy gazdag leány, aki sohasem dolgozott, mert az anyja kényesen nevelte. Sokan kérték feleségül, de az anyja a kérőket mind lebeszélte, azt mondta:

– Hagyd el, ne kérd, mert dologtalan, s nem élsz meg vele.

Megint megkéri egy legény, s az anyja azt is le akarja beszélni, de ez azt feleli:

– Hát kigyelmed olyan anya, hogy a leányának nem akarja boldogságát? Jössz-e hozzám, húgom?

– Igen biz' én jó szívvel! – feleli a leány.

A legény azt mondja:

– Gyere, menjünk s esküdjünk meg!

Elmennek, megesküsznek, s a legény a leányt elveszi az anyja ellenére is.

A leány csak ahhoz tartotta magát, ahogy az anyjánál szokva volt, ott üldögélt egy helyben, szép kényesen, pirimókosan, nem dolgozott semmit álló napestig, csak a lábát lóbázta. Neki az is mindegy volt, ha az ura szidta is érte.

Gondolta az ura:

„Hagyd el csak, ifjasszony, mert majd megtanítalak én téged dolgozni, ha az anyád meg nem tanított is!" – mert amikor hazajött a mezőről, az anyja is örökké panaszolta, hogy a menyeasszony semmit sem dolgozik. S azt mondta reá:

– Evvel, édes fiam, soha meg nem élsz, mert semmi dologhoz nem nyúl. Úgy ül örökké, mint egy nagy grófné! Jobb lesz, ha elválsz tőle.

– Elválni nem válhatok el, anyámasszony, mert tudva úgy vettem el, mint dologtalant. Hanem bízza rám kigyelmed, majd megtanítom én őt dolgozni.

Másnap reggel az ifjú gazda elment ki a mezőre, mikor hazajött, azt kérdezte:

– Ma hányan dolgoztunk, anyámasszony?

Az anyja azt felelte:

– Ketten, édes fiam!

– Akkor hát ketten is együnk! – mondotta a fia.

Ettek ketten, s az ifjasszony étlen maradt, még este is s reggel is. Reggel, mikor az ura elment, sírt egy jó nótát, azután sóhajtozni s gondolkozni kezdett. Egyszer azt kérdi az anyósától:

– Anyámasszony, ha a tüzet megszítom, dolog-e?

– Dolog, édes leányom, dolog!

Megszította hát a tüzet. Azután azt kérdezte:

– Hát ha a tűzre fát hozok be, dolog-e?

– Dolog az is, édes leányom! – felelte az öreg.

Fát is hozott. Azután megint megkérdezte:

– Hát ha vizet hozok, dolog-e?

– Dolog, édes leányom, dolog!

– Hát ha kiseprem a házat?

– Az is dolog!

Vizet hozott, s házat sepert, s az öreg megörvendett, hogy jól kezdi majd viselni magát, s elmagyarázta neki, hogy miféle dolgok vannak a ház körül, s azokba beleindította, segítette, tanította.

A gazda hazajött, s mikor asztalhoz kellett ülni, kérdi az anyját:

– Ma hányan dolgoztunk, anyámasszony?

– Hárman, édes fiam – mondta nagy örömmel az öreg.

– Nahát, akkor hárman is együnk! – mondta a gazda is örömmel.

Asztalhoz ültek hát, az ifjasszony még nagyobb örömmel, mert másfél nap alatt éppen eléggé megéhült.

Az naptól fogva mindig hárman dolgoztak, s hárman is ettek. Még ma is élnek, ha meg nem haltak.

A SZEGÉNY CSIZMADIA ÉS A SZÉLKIRÁLY

Annyi gyermeke volt egy csizmadiának, mint a rosta lyuka, még eggyel több. A szegény ember éjet és napot eggyé tett, úgy dolgozott, hogy ezt a sok gyermeket eltarthassa, mégis neki Péntek urammal kellett rokonságot tartani, vagyis mindennap böjtölni, hogy napról napra elélhessenek.

Történt egyszer, hogy egy gazdag ember sok munkája után néki egy véka lisztet adott. Ahogy megy haza a szegény csizmadia a liszttel, kapja magát a szél, utána megy, s mind elviszi a vékából, ami benne volt, úgyhogy mikor hazaért, csak az üres vékával állított az éhes gyermekek elé.

– Hát ez már mégiscsak sok – azt mondja a szegény ember keservében –, én elmegyek, hogy megkérdezzem azt a Szélkirályt, hogy volt szíve elvenni az én kevés lisztemet.

Elindul, s megy hegyen-völgyön, erdőn-mezőn keresztül. Elmegyen hetedhét országon is túl, míg végre elérkezik egy szép mezőségre, s ahogy ezen a mezőségen néz ide is, tova is, meglát feléje közeledni egy forgószelet, mely dühösen sodorja az út porát a magasba. Megretten a szegény csizmadia, lekapja a kalapját, s leborul a földre, hogy ha lehet, megmeneküljön a forgószél dühétől.

– Köszönd meg – szólalt meg a szél –, hogy megismertél, és tiszteleted nekem mint Szélkirálynak megtetted, mert különben pórul jártál volna. Hol jársz, mit keresel itt?

– Uram – mondta magához térve a szegény ember – éppen felségedhez jöttem elégtételt kérni. A minap nagy munkámmal egy véka lisztet szereztem, s amint vittem haza, valami szélúrfi csúfságból mind széthordta, s most a családom otthon éhezik.

– Hagyd el – így szól a Szélkirály –, majd meglakol a gonosz kölyök érte, de addig is téged sem hagyhatlak a kárral. Gyere el hozzám – ezzel elvezette a kastélyába, jól megvendégelte, s megajándékozta egy berbéccsel. Azt mondta:

– Ha hazaérkezel, mondjad neki: „Rázd meg magad, te berbécs" – egész hónapra való pénzt ráz le magáról. De jól vigyázz, hogy amíg haza nem érkezel, ki ne próbáld.

Búcsút vesz a szegény ember a Szélkirálytól, s hazaindul. De a kíváncsiság nem engedte, hogy a berbécsét hazáig meg ne próbálja. Alig mondja ki a parancsszót, a berbécs körül a föld telides-teli lesz arannyal. Nemsokára elérkezik szállására – egy régi ismerőséhez, aki neki komája is volt, s megkéri, nehogy a berbécsnek azt találja mondani: „Rázd meg magad, te berbécs!"

Alig alszik el a szegény csizmadia, a kíváncsi házigazda és a felesége ráparancsol a berbécsre:

– Rázd meg magad, te berbécs!

Hát mikor látják, hogy a föld telides-teli van arannyal, fogják a szegény ember berbécsét, s kicserélik a magukéból egy hasonlóval.

Felébredt másnap reggel a szegény ember, de nem vette észre a cserét, megköszönte a szállást, s jó reménységgel elment haza. Azt mondja a berbécsnek, mikor haza érkezik:

– Rázd meg magad, te berbécs!

Elmondta a parancsszót tízszer, hússzor, de a berbécs csak nézett a szeme közé, s nem rázta meg magát. Ismét útrakel a szegény csizmadia, nagy haraggal, hogy felkeresse újból a Szélkirályt. Elmegy egyenesen a kastélyába, bejelenti magát, s elpanaszolja sorsát. Azt mondja rá a Szélkirály:

– Ugye, nem fogadtad meg a szavam, te szegény ember, s nem várakoztál a parancsszóval, amíg haza érkezel? Nesze, most adok egy abroszt, ennek csak azt kell mondani: „Terülj meg, te abrosz!", s egyből tele lesz a legjobb ételekkel. De vigyázz, hazáig meg ne próbáld!

De bizony a szegény ember most sem állotta meg, s az abroszt is megpróbálta. Estére kelve az idő, megint a komájához szállt be, s most is azt mondta neki:

– Nehogy azt mondjátok az abrosznak: „Terülj meg, te abrosz!"

A komája és a felesége alig várták, hogy elaludjon, egyből kiadták a parancsszót, s mikor meggyőződtek, hogy milyen értékes abroszt szerzett a szegény ember, azt is kicserélték.

Másnap hazaérkezik a szegény ember, s hát a csuda majd megölte, mert ahogy letette az abroszt az asztalra, azon mód maradott, hiába mondta tízszer is, százszor is: „Terülj meg, te abrosz!" Mit volt mit tenni, csak ráhatározta magát, hogy elmegy még egyszer a Szélkirályhoz. A király már várta, s ahogy megérkezett, megajándékozta egy botocskával, de kikötötte, hogy

amíg haza nem érkezik, nehogy a botocskának azt parancsolja, hogy: „Kerekedjél, te botocska, de ugyan jól forgolódjál!”

Vagy volt kíváncsi eddig a szegény ember, vagy nem a másik két ajándék csudálatos tulajdonságaira, de most alig várta, hogy megtudhassa, mi haszna lehet annak a botocskának. Amint tehát egy hegyen túl halad, azt mondja a botocskának:

– Kerekedjél, te botocska, de ugyan jól forgolódjál!

De ugyan megesett neki, mert felpattant a botocska, s elkezdte összevissza verni, de úgy, hogy a szegény ember a sok verés miatt már alig állott a lábán. Hát amint a botocska körülötte forgolódnék, a legnagyobb ijedelmére még egy ott legelő bika is nekifut. Elkiáltja magát a szegény ember ijedtében a bikának:

– Hök! – s hát a botocska nem üti többet. Így tudta meg a szegény ember az ő botocskájának a hasznát.

Újból a drága komájánál szállott meg éjszakára, és ugyan a lelkükre kötötte, hogy nehogy a botocskájának azt találják mondani: „Kerekedjél, te botocska, de ugyan jól forgolódjál!” – mert csúful járnak.

A kománé asszony semmi rosszat nem gyanított. Éjféltájban felköltötte az emberét.

– Józsi – azt mondja –, jöjjön, próbáljuk meg azt a botocskát, s ha valami jó lesz, elcseréljük a mienkkel.

Beviszik a szobába a botocskát, bezárkóznak, s maga az asszony mondja neki:

– Kerekedjél, édes botocskám, de ugyan jól forgolódjál! Egyszer nékem, másszor uramnak!

Felpattan erre a botocska, egyszer az egyiket, máskor a másikat püfölni kezdi agyba-főbe. Úgyhogy mikor a szegény ember a nagy jajgatásra felébredt, már alig-alig volt élet bennük. Betöri az ajtót a szegény ember, s azt mondja:

– Ugye, megmondtam, hogy ne próbáljanak a botocskámmal, mert a büntetés pálcáját kérik magukra. Mármost tudom, hogy a berbécsemet és az abroszomat is kendtek sikkasztották el. Hát csak üsse kigyelmeteket az a botocska!

– Jaj – azt mondja az asszony –, édes komámuram, ne hagyja, hogy többet verjen, visszaadjuk a berbécset is, az abroszt is.

Akkor aztán a szegény ember azt mondta a botocskának:

– Hök!

De bezzeg a komámuram s a kománé asszonyom nem várták meg, hogy újból verekedni kezdjen, futottak, s visszaadták a szegény embernek a berbécsét is, s az abroszát is. Hazavitte a szegény csizmadia a családjának, s azóta nem látnak szükséget. Ha meg nem haltak, máig is élnek.

A TEJKÚT

Volt egyszer egy király, annak a kertjében volt egy olyan kút, amelyikből éjjel-nappal folyvást forrott a tej. Ebből a tejből élt a király, ebből mosakodott, ebben fürdött. Hát egyszer egy reggel a tejhordó nagy szomorúan jelenti, hogy:

– Felséges királyom, életem-halálom a kezedben, nincs a tejkútban egy csepp tej sem.

Megszomorodott a király nagyon, mert az ő élete ahhoz a tejkúthoz volt kötve.

Hívatja mindjárt a tizenkét vadászát, s megparancsolja nekik, hogy ha meg nem tudják, hova lett a tej, többé az ő szeme elé ne kerüljenek.

Estére kerekedik az idő, s a tizenkét vadász kiül a kút mellé. Hát egyszer jön egy hatalmas nagy óriás, de akkora, hogy a fejével a felleget meszelte. Nekidől a kútnak, s egy szuszra mind egy cseppig kiissza.

Jelenti a tizenkét vadász a királynak, hogy s mint történt az eset.

– Mit gondoltok – azt kérdi a király –, hogy lehetne azt a nagy óriást kézre keríteni?

– Azt másképpen nem – azt mondják a vadászok –, mint hogy lerészegíti az ember.

Kapja magát a király, s teletölteti a kutat szilvapálinkával. Hát pont tizenkét órakor jön az óriás, nekidől a kútnak, s mind egy cseppig kiissza.

Na de meg is járta vele, alig lépett hármat, végigesett a földön s elaludt. A vadászok behúzták egy kerti házikóba, s rázárták az ajtót.

Na, a király mindjárt írással összehívatja a népeit, hogy jöjjenek, nézzék meg, micsoda csodát kerítettek kézre az ő vadászai.

Volt a királynak egy négyesztendős kicsi fia, az ott játszadozott a kerti házikó előtt. Hát egyszer csak beejti a labdát az ablakon. Beszól az óriásnak:

– Jaj, bácsi, adja ki a labdámat!

– Nem adom én, fiam, ha el nem lopod az apádtól ennek az ajtónak a kulcsát.

Elszalad a kicsi fiú, s elhozza a kulcsot.

– Köszönöm, édes fiam, jobb apád leszek én neked apádnál – mondta az óriás. Azzal alig várta, hogy este legyen, kiszökött a házikóból, s ment egyenesen a tejkútnak. Kiitta mind, s aztán köd előttem, köd utánam, eltűnt.

Gyülekeztek másnap a népek, de a király nem tudta megmutatni nekik a csodát. Eleget vallatta a cselédeket, egyik se vallott. Egyszer, mikor éppen a legkedvesebb inasát veri, csak beállít a kicsi fiú.

– Ne verd szegényt hiába, édesapám, én eresztettem el az óriást.

Nyomban összehívja a király a tanácsot, s megkérdi, mit érdemel az olyan gyermek, aki apját és királyát így megcsúfolja. Mindjárt ki is mondta a tanács, hogy fejét kell venni. De a király mégiscsak sajnálta egyetlen fiát megöletni, felültette egy lóra, melléje adott egy cigányt, s nekieresztette a világnak.

Elindul a szegény királyfiú, s elérkezik egy rengeteg

erdőbe. Volt neki egy kicsi pumikutyája, az egyszer megszólalt:

– Édes gazdám, add oda a lovat ennek a cigánynak, tartsd magadnál felét a pénzednek, a többit ebből is add neki, hadd menjen, ahova tetszik, majd megélünk mi valahogy.

Úgyis tett a királyfi, ahogy a kicsi kutya mondotta, s a cigány mindjárt elment a lóval. Azon nyomban megérkezik az óriás.

– No, fiam, megfogadtam volt, hogy apád helyett apád leszek, gyere mármost velem – felveszi a királyúrfit az ölébe, a pumikutyát zsebre rakja, s azzal nekiindul a rengetegnek.

Hét óra múlva megérkeznek Óriásországba. Ott azt mondja az óriás:

– No, fiam, itt te vagy most az úr, gyere, hogy öltöztesselek fel.

Azzal felöltöztette a királyúrfit szebbnél szebb ruhákba, de volt is miből, mert ő volt az óriáskirály. Olyan legény is facsarodott belőle hét esztendő alatt, hogy nem lehetett sehol párját kapni. Egyszer azt mondja az óriáskirály:

– Ideje volna már, fiam, ha megházasodnál.

– Hát biz én meg is házasodnám, édesapám, ha volna kit elvenni.

– Hát az bizony nehéz dolog, fiam, de segítünk valahogy rajta. Azt már tudom, hogy hozzád bajosan megyen el idevaló királyleány, mert azok egy kicsit nagyocskák, de nem messze van ide Fehérország, ott megkapod a fehér király leányát, az elmegy hozzád jó szívvel, csak tudni kell a módját.

Felöltözteti másnap az óriás disznópásztornak a legényt, de inget olyat ad rá, hogy olyan semmiféle istenteremtésének nem volt a világon, s elküldi a fehér király kapujába. Alig áll meg a kapu előtt, mindjárt szalad ki az inas, s behívja a király elébe. Kérdezik, hogy ki fia legyen, de ő csak azt mondja:

– Nem tudom, se apámat, se anyámat nem ismertem, azt sem tudom, mi a nevem, úgy máskülönben Jancsikának hívnak.

Kérdi tőle a fehér király, nem volna-e kedve beállani kondásnak, mert a kondása meghalt. Adna neki háromszáz forint fizetést, annyi volt a másiknak is.

– Én bizony, felséges atyám, beállok – azt mondja Jancsika –, úgy sincs senkim kerek e világon.

– No, fiam, jól van, vedd által a kondát. Hé, adjatok enni valamit az új kondásnak!

Egyszeribe hoznak neki ennivalót, s avval általveszi a disznókat.

Estére kerekedik az idő, s Jancsika beül a konyhába a kemence mellé. Éppen akkor megy el ott a király leánya, s kérdezi, hogy hol hál az éjjel.

– Nincs még helyem – azt mondja Jancsika.

– Nahát, feküdj le ide a padra.

Alig alusznak el a cselédek, jön a királyleány.

– Jancsika szívem szerelme, mondd meg nekem, miféle fajta vagy, mert szegény legénynek nem lehet ilyen finom selyeminge.

– Nem tudom, felséges királykisasszony.

– Na, ha nem tudod, maradj magadnak. Nesze, hoztam egy fehér cipót meg egy kulacs bort, legyen mit egyél a mezőn.

Köszöni alásan Jancsika, s azzal a leány elmegy.

Másnap fújni kezdi Jancsika a furulyát, de a disznók úgy táncolnak előtte, hogy csak úgy porzik a hely. Nézi ezt a király az ablakból, s odaszól a feleségének:

– Nem tudom, feleség, miféle fajzat lehet ez a Jancsika, hogy úgy táncolnak előtte a disznók.

– Bizony, felséges királyatyám – azt mondja a leánya – nem lehet ez a fiú paraszt, mert olyan selyeminge kegyelmednek sincsen, mint amilyen annak van.

Kiér Jancsika a mezőre, hát ott várja az óriáskirály.

– Mit adtak, fiam?

– Egy komlós cipót meg egy kulacs bort.

– Vesd oda annak az egyenes farkú kannak. Na, te kan, őrizd a fiam helyett a disznókat!

Azzal ölbe kapta a fiát, s elvitte haza. Este, mikor a disznók jöttek, visszavitte a város végére, s adott neki egy aranyguzsalyt, de meghagyta, hogy oda ne adja addig a királykisasszonynak, amíg meg nem mutatja, micsoda jegyek vannak a két térdén.

Úgy is lett, a királykisasszony megmutatta Jancsikának a két térdét, de azután is hiába kérdezte, hogy kinek-minek a fia.

Másnap adott az apja Jancsikának egy aranymotollát; harmadnap egy aranyorsót, de lelkére kötötte, hogy azért mutassa meg a király leánya, micsoda jegyek vannak a két hóna alatt.

Egyszer kiadja a király a parancsolatot, hogy aki kitalálja, hogy az ő leányának mi a jegye, annak adja feleségül.

Gyűlnek, gyülekeznek messze országokból az urak, de egyik se tudja kitalálni. Egyszer Jancsika is beállít egy rézlóval, rézgúnyában, s azt mondja:

– Felséges király, ha meg nem sérteném, a királykisasszonynak egyik hóna alatt van a fényes napnak a jegye, a másik alatt a holdnak a jegye, a két térdén pedig két fényes csillag.

Egyszeribe megütteti a király a nagy dobot, s eljegyzik őket, de Jancsika abban a percben úgy eltűnik, mintha ott se lett volna. Keresi a király mindenfele, de sehol nem találja.

Másnap ismét megjelenik Jancsika egy ezüstparipán, megcsókolja a királykisasszonyt, s ismét eltűnik.

Harmadik nap már nagy bánattal volt az egész udvar, hogy hátha ott felejti a vőlegénye a királykisasszonyt. Várják reggelre, nem jön, várják délre, nem jön, már éppen más urat akartak neki választani, mikor beállít az udvarba aranyos gúnyában, aranyos paripán, s olyan kocsival, hogy a napra lehetett nézni, de arra nem. Egyszeribe olyan lakodalmat csaptak, hogy telelő Szent Páltól tekerő Szent Pálig asztal asztalt ért. Én is ott voltam, kaptam egy kicsi csontikát, de odajött keresztapám, s addig kérte, amíg megharagudtam, s a lábához vágtam. Aki nem hiszi, nézze meg, még most is sántál bele.

ARANYHAJÚ KÁLMÁN

Egyszer volt, hetedhét országon túl, még az Óperencián is túl, de még azon is túl, egy király. Az a király sokszor olyan törvényeket adott ki, amilyeneknek még csak híre sem volt más országban. Egyszer azt a törvényt találta kiadni nagy büntetés alatt, hogy egy asszony se merjen fonni szombat este. Őröket is rendelt ki a király, hogy azok vigyázzanak mindenfele, s ha meglátják, hogy egy asszony szombat este fon, azt mindjárt jelentsék a királynak.

Éppen abban az időben, mikor kihirdették ezt a parancsolatot, három öregecske leány lakott egy faluban, akik fonásukkal keresték a kenyerüket. Minden este összegyűltek vagy egyiknek, vagy másiknak a házánál, s úgy fonogattak együtt, s azt mondogatták, hogy ha ők szombat este nem fonhatnak, akkor egy héten legalább egy nap nem lesz nekik mit enni. Azért hát a három leány összeült fonni szombaton este is, s nem is gondolták, hogy most valaki leskelődik utánuk. Amint ott fonogatnak hárman, beszélgetés közben azt mondja a legkisebb leány:

– Meg van tiltva, hogy szombat este fonjunk, pedig ha az a király engem az udvarába vinne, én annyit fonnék egy hét alatt, hogy egész táborának kitelne esztendei ruházata belőle.

A másik azt mondja:

– Ha engem a király az udvarába vinne, én annyi kenyeret sütnék három nap alatt, hogy az egész tábora megérné három hónapig vele.

A legnagyobb leány pedig azt mondja:

Ha engem a király elvenne feleséginek én olyan aranyhajú fiút szülnék, akinek párja nem lenne hetedhét országon.

A vigyázó éppen az ablakon leskelődve hallgatta, mit beszélgetett a három leány, s másnap elmondotta a királynak mind egy szóig, amit csak azoktól hallott. A király nyomban el is hívatta a legkisebb leányt, s megparancsolta neki, hogy éppen annyit fonjon egy hét alatt, amennyit a fonóban mondott volt. A leány font, de egész héten nem tudott többet fonni, mint otthon szokott, s ezért a király áristomba tétette, egy puszta kamrába, ott tartotta nehány napig, azután hazabocsájtotta.

Hívatta a király a másik leányt, aki a kenyérsütéssel dicsekedett volt, de az sem tudott több kenyeret sütni három nap alatt, mint máskor, azért azt is áristomba tétette harmadnapig, azután hazaküldötte.

Utoljára elhívatta a király a legnagyobb leányt, aki azt mondotta volt, hogy ő aranyhajú fiút szülne a királynak, s megkérdezte tőle:

– Biztatod magad, hogy aranyhajú fiút szülnél, ha elvennélek feleségül?

Azt felelte a leány:

– Ha nem tudok, azt tehet velem felséged, amit akar. Nem bánom, ha kihajtat is az országból, ha úgy nem lesz.

A király nem sokáig gondolkozott, hanem elvette ezt a leányt feleségül, ki sem igen rút, sem igen vén nem volt még, és ezen sokan igen csodálkoztak. Mikor immár a szülés ideje eljött, a király éppen a táborban volt.

Abban a városban élt egy gonosz boszorkány szüle, s annak volt egy szép leánya. Az öreg szüle sokat mesterkedett volt, hogy valami ravaszsággal a királlyal elvetesse a leányát, s hogy azt végbe nem vihette, mind azon törte a fejét, hogy állhasson bosszút rajta. Most hát addig s addig fortélyoskodott, hogy betetette magát bábának a királyné mellé, s eljött vele a leánya is. A királyné azután tova éjféltájban egy kedves aranyhajú fiút szült. A boszorkány szüle egyszeribe odaadta a leányának a gyermeket, s az elsuhant vele haza.

A vén boszorkány fogott egy döglött kopókölyköt, azt belekötötte egy fazékba, a királyné cselédjének pedig azt hazudta, hogy a királynénak meghalt a gyermeke. A boszorkány maga elment egy inassal, s eltemették a király kertjében a fazekat. A történteken erősen megbúsultak mind, amennyien voltak a király udvarában.

A boszorkány hazament a leányához, s a gonoszok dugdosták a gyermeket harmadnapig, de féltek, hogy világra jön az ő alávalóságuk, s nekik rosszul lesz dolguk, ezért egy kicsiny ládát készítettek nádból, s abba beletették a gyermeket, s belebocsájtották a malomárokba.

A víz viddegélte a ládát, s mikor szinte a malomig vitte volna, a molnár meglátta, kifogta s megnyitotta. Hát csak elcsodálkozott, hogy abban egy szép aranyhajú fiút lát. Beviszi a feleségéhez, s azt mondja:

– Na, feleség, te örökké kívántad, hogy bár az Isten egy gyermeket adna neked, most látod, itt van ni. Neveljük fel, még kicsi, nem tud a világról, ha felnő, úgy megbecsül minket, mint édesapját s anyját.

El is nevezték a gyermeket Aranyhajú Kálmánnak. A fiú nőtt, növekedett napról napra, s mikor akkorára felnőtt, molnárlegény helyett szolgált a malomban. Őrléssel töltötte az idejét, de egyéb dologra is reászoktatták.

A király, hogy hazament a táborból, erősen megszomorodott, mikor megmondották, hogy a felesége egy aranyhajú fiút szült, de az meghalt, s el is temették a kertben. Mikor később meglátta az aranyhajú fiút az utcán, mindig azt mondogatta magában:

– Bár nekem is egy ilyen fiam volna! – minthogy a fiú különösen szép volt, a király sokszor felhívatta az udvarába, gyönyörködött benne.

A boszorkány szüle erősen félt, hogy meg találja tudni a király az ő gonoszságát, ezért hát azon fortélyoskodott, hogy ha lehet, azt a fiút elpusztítsa. Egyszer elment hozzá, különhívta, s azt mondotta neki:

– No, te Aranyhajú Kálmán, ideje már, hogy megházasodjál. Minthogy te olyan szép vagy, úgy talál, hogy magadhoz hasonló feleséget végy, és én neked olyan szép leányt szerzek, hogy tudom, megköszönöd nekem. A szerecsen király országában van az a szép leány, kinél szebb egy sincs a világon, annak a neve Világszépe. Addig ne nyugodjál, akármi fáradságba kerül is, amíg el nem hozod magadnak.

Aranyhajú Kálmán kapott a szón, minthogy különben is minden legény kap azon, ha neki szép feleséget ajánlanak, s mindjárt feltette magában, hogy ha törik-szakad, addig meg nem nyugszik, míg el nem hozza azt a leányt. De a boszorkány szüle azt mondotta neki:

– Tudd meg, hogy mielőtt azt a szép leányt elhozhatnád, előbb két nagy próbát kell kiállanod. A szerecsen király ablaka alatt egy olyan csudafa van, hogy mikor a szél fújdogál, annak minden levele szépen muzsikál, hogy annál szebb muzsikaszó nincs az egész földkerekségen. Te abból a fából egy ágat hozz el – ez lesz az első próba –, ültesd el itthon a kertben, az megfogamzik ott, s éppen olyan szépen muzsikáló fa lesz abból is, mint amelyik fáról leszakasztottad volt. Ez lesz a második próba. Ezt tedd meg jó előre, hogy mikor aztán elhozod a feleségedet, hadd legyen, amivel mulassa magát.

Aranyhajú Kálmán elmondotta apjának, anyjának, mi az ő szándéka, hol akar ő szerencsét próbálni. Azok ellenkeztek vele egy darabig, mert féltek, hogy elvész olyan véghetetlen hosszú útban, de mikor látták, hogy olyan nagy kedve van menni, ők is beleegyeztek. A molnárné feltarisznyált neki három szép molnárpogácsát, s avval elbúcsúzott, s megindult egy pálcával Szerecsenország felé.

Mikor immár egy hónapig utazott volna, igen megszomorodott, mert hét mérföldre sem látott egy falut is, még csak egy házat is, de azután megörvendett, mikor elhagyta a nagy pusztaságot, s egy szép erdő alatt meglátott egy épületet. Mikor odaérkezett, kijött a házból egy görbe öregasszony. Azt az asszonyt Világlátó asszonynak hívták. Megállította az utazót, s füliről-farkáról mindent elkérdezett tőle, hogy ki fia, honnan jön, hova megy, s miért megy. Aranyhajú Kálmán el is mondotta, hogy mi dologba indult útnak, s miért megy Szerecsenországba. Erre azt mondotta az öregasszony:

– Hej, fiam, téged most el akar valaki veszíteni, azért küld oda, mert azt a muzsikáló fát, amelyet te emlegetsz, olyan tizenkét vasfogú bába őrzi, hogy aki ahhoz a fához közelít, egyszeribe úgy összeszaggatják, mint az ölyv a kicsi madarat, s ha te úgy mész oda, ahogy most látlak, onnan vissza nem jössz többé. Már sokan próbálkoztak, de mind odavesztek. De ne ijedj meg, én a fiammal sok utazónak használtam, mióta itt lakunk, neked is szolgálni akarok. Sajnálnám, ha egy ilyen szép ifjú, mint te vagy, odaveszne, s azok az átkozott vasfogú bábák széjjelszaggatnák. A fiamnak van egy paripája, azt Szivárvány paripának hívják, ő odaadja neked erre az útra, ülj fel reá, s úgy menj. Az a paripa a felhőkig is felszökik veled, ha a szükség úgy kívánja. Különben hiába mész, mert nem boldogulsz. A vasfogú bábáknak az a szokásuk, hogy mihelyt meglátják, hogy valaki közelít a csodafa felé, sorba állnak az út hosszában, húsz-harminc lépésre egymástól, s ott várnak rá, hogy összeszaggassák.

Odaadott az öregasszony tizenkét csomó szurkot Aranyhajú Kálmánnak, s azt mondotta:

– Ezeket a szuroklabdákat vidd el magaddal, s mikor az első vasfogú bábához érkezel, az, tudom, mindjárt kitátja a száját, mint egy oroszlán, hogy téged elnyeljen. Te akkor a szuroklabdát dobd be a torkába, ahogy tudod, s azután a többinek is, s így aztán egy sem árthat neked. Azután ugrass a fa mellé, szakíts le egy ágat, de akkor aztán ugyan rugaszkodjál visszafele.

Aranyhajú Kálmán megköszönte a jó tanácsot s a jóakaratot, felugrott a Szivárvány paripára, felrakta a szuroklabdákat, elbúcsúzott s továbbindult.

Mikor hosszas utazás után közelített a muzsikáló fához, hát látja, hogy az út mellett ott állnak sorba a vasfogú bábák.

Mikor az elsőhöz ért, az egyszeribe csikorgatni kezdette a fogát, s azon nyomban kitátotta a száját. Az ifjú úgy beledobta az egyik csomó szurkot a torkába, hogy a vasfogú bába mindjárt hanyatt esett, s csak úgy kákogott a földön. Azután rendre éppen így bánt el a többivel is, s azok a tátott szájukat nem tudták befogni, s mind úgy maradtak a földön elnyúlva. Akkor Aranyhajú Kálmán, ahogy a Világlátó asszony mondotta, a muzsikáló fához vágtatott a lóval, nagyot szökött a Szivárvány paripa, s ő nagy hirtelen leszakított egy jókora ágat a csodafáról, s avval, mint a sebes szél, megrugaszkodott visszafele.

Mikor egy erdőhöz közelített volna, visszanéz, hát látja, hogy a tizenkét vasfogú bába úgy fut utána, mint a veszedelem. Szólni nem tudtak, se kiáltani, mert a szurok beleragadt a torkukba, csak a karjukkal fenyegették, s idétlenül nyekegtek. De Aranyhajú Kálmán úgy elhaladott az erdőben, hogy utol nem érhették.

Hogy szerencsésen elért a Világlátó öregasszonyhoz, otthagyta a Szivárvány lovat, s avval elment haza a malomba, apjához, anyjához, s a zöld ágat felszúrta a virágoskertben a földbe. Az az ág még azon a napon estig s egész éjjel olyan szépen muzsikált, hogy a király maga is elment hallgatására.

Ez immár így történt, de a boszorkány szülét ette a méreg, hogy nem pusztíthatta el Aranyhajú Kálmánt. Néhány nap múlva elment hozzá, s azt mondotta neki, hogy abban a kertben, ahonnan a zöld ágat elhozta, egy olyan tükör van, hogy aki abba belenéz, mind meglátja, hogy ki mit csinál a világon, akár jót, akár rosszat. Hozza ő el azt a tükröt a házukba, hadd legyen a feleségének egy olyan tükre is, amilyen még nem volt abban az országban a legesleggazdagabb királynénak sem.

Elindul hát Aranyhajú Kálmán másodszor is, elmegy a Világlátó vénasszonyhoz, s annak elmondja, hogy miért utazik. Az öregasszony ismét odaadta neki a Szivárvány lovat, s adott neki tizenkét csomó szurkot, s megtanította, hogy mit kell azokkal cselekedni.

Elment az ifjú azon az úton, amelyen azelőtt ment volt, s mikor ahhoz a helyhez közelített, ahol az a híres csodatükör volt, egyszer csak eleibe ugrik egy tátott szájú bába. Gondolja magában Aranyhajú Kálmán: „Ez most biztosan szurkot ehetnék, úgy látom „ – s úgy bevágta a torkába a csomó szurkot hogy mindjárt csak tikogni kezdett. A többivel is éppen így esett a dolog. Akkor szólt a paripának, az általugrott a kerten, Aranyhajú Kálmán elkapta a tükröt, s lódult visszafelé. De a bábák csak nyekegtek, utolérni nem tudták, úgy fulladtak a szuroktól, s ő kacagott magában, hogy hogy megvendégelte őket.

Most nem ment a Világlátó öregasszony felé, hanem más úton, egyenesen hazament a tükörrel, felakasztotta az anyjáé mellé, aztán ebédelt egyet s lefeküdt, úgy megfáradott volt.

A vén boszorkány szüle most még inkább csikorgatta a fogát mérgében, hogy ezen az úton is el nem tudta veszíteni Aranyhajú Kálmánt, s mondotta magában: „No, jól van, én most olyan helyre küldlek, hogy tudom, soha többször meg nem látod a malmot." Azért azt mondotta neki:

– Na, te aranyhajú szép legény, ember vagy a talpadon, a két próbát kiállottad dicséretesen, már nincs egyéb hátra, hozd el a szép leányt feleségnek. Menj el vissza abba a kertbe, ahonnan elhoztad a zöld ágat s a tükröt, attól egy mérföldnyire van egy citromfa-erdő, azalatt van egy szép forráskút, te állj meg mellette, s kiáltsd el magad háromszor egymás után: „Jöjj ki, te Világszépe" – s ott lesz a szép leány abban a szempillantásban, s egynehány hónap alatt itthon is lehetsz véle.

Aranyhajú Kálmán elindult hát harmadszor is, s az öregasszony felé vette útját a Szivárvány paripán. Mikor megmondotta, hogy ő most feleségért megy a Világszépe után, azt mondotta neki a Világlátó öregasszony:

– Azt a forráskutat, ahova a leányért akarsz menni, nem tizenkét, hanem negyvenkét vasfogú bába őrzi. Hétszer gonoszabbak a többinél, akiket megtréfáltál. Én szuroklabdákat nem adok neked, mert affélékkel velük hiába labdázol, hanem mikor a forráshoz érkezel, csak egyszer kiálts, ne háromszor, arra kilövellkedik egy aranyskatulya a víz színére, te kapd fel hirtelen, s mint a sebes villámlás, úgy lódulj visszafelé onnan. De ne azon az úton, amelyen elmentél, hanem keresztül az erdőn. Ott az erdőben van egy feneketlen mély árok, a nagy földinduláskor ott hasadott meg a föld, s mikor ahhoz a feneketlen árokhoz érkezel, szorítsd meg a lovat, s szöktess át vele az árkon, s ha utánad ered a negyvenkét vasfogú bába, akkor meglátod, hogy nem érnek utol téged.

„Ez jó tanács" – gondolta magában Aranyhajú Kálmán, mindent akképpen cselekedett, ahogy az öregasszony mondotta neki. Addig ment, míg eljutott a híres forráskúthoz, ott meg sem állott, hanem így szólott:

– Jöjj ki, Világszépe! – de nem háromszor, mint a boszorkány szüle otthon kitanította, csak egyszer, s arra kilövellkedett a víz fenekéről egy cifra aranyskatulya. Felkapta a nyeregkápába, s megrugaszkodott vele visszafelé. Hát látja, hogy egy sereg vasfogú bába, mint megannyi veszett állat, úgy fut utána, s azt kiáltozza:

– Hiába futsz, ha hét ördögöd van is, mitőlünk meg nem menekszel, miénk vagy mindenestől!

Aranyhajú Kálmán fut egyenesen az erdő felé, eléri a feneketlen árkot, átugrat a lovával, s azt mondja:

– No, ördögadták, jöhettek immár!

Mikor ő ezt kimondotta, már ott is voltak az ördögadták, s a nagy dühösség miatt a szemük világa is úgy elveszett, hogy nem látták meg az árkot sebes futtukban, s egytől egyig nyakra-főre bele kecskebukáztak.

Hogy Aranyhajú Kálmán ilyen szerencsésen megszabadult a vasfogú bábáktól, bement a Világlátó öregasszonyhoz, átadta a lovat, s megköszönte a jó tanácsot.

Azt mondja az öregasszony:

– Jó szívvel, fiam, máskor is, ha még szükséged lesz valamiben, csak folyamodj hozzám, s én segítek rajtad, amiben csak segíthetek tehetségem szerint.

Aranyhajú Kálmán felkötözte az öregasszony fia segítségével a skatulyát a hátára s elindult. Mikor hazaérkezett a malomba elfáradva, abban a szempillantásban ott termett a boszorkány vén szüle, aki őt mindenképpen el akarta veszíteni, s azt mondotta neki, hogy ki ne bontsa a skatulyát reggelig. De tudta ám Aranyhajú Kálmán, hogy azzal is csak veszedelmet forral ellene, s amint kitette a lábát a házból, nyomban kibontották apjával s anyjával a skatulyát. Hát egy olyan gyönyörű szép leány pattant ki belőle, hogy az egész ház megfényesült annak ritka szépségétől. A leány, hogy megvacsorált; álom nélkül töltötte el az éjszakát, virradatig mindig csak beszélgetett a molnárral s a fiával, aki elhozta őt. Nem is jött álom a szemükre a háziaknak, úgy elfogta őket a szertelen nagy ámulat a leány szépsége miatt.

Másnap aztán úgy volt kicsinálva, hogy Aranyhajú Kálmán esküdjék össze a szép leánnyal. El is készültek a főzéssel meg a lakodalmi vendégséggel. De a leány azt mondotta, hogy az ő országukban az a szokás, hogy a házasulandók előbb megtartják a lakodalmi vendégséget, s csak azután esketik őket össze. Nem bánná, ha most ez alkalommal neki kedvét töltenék, s otthoni szokás szerint tartanák meg a lakodalmat. Reá is állottak mind az ő kívánságára.

Nemsokára asztalhoz ültek a hivatalosok, a király is meg volt híva, s meg is jelent az asztalnál feleségestül, mivelhogy igen kedvelte Aranyhajú Kálmánt. Mikor az ebéd immár vége fele járt, felállott az asztaltól a szép idegen leány, s azt mondotta:

– Tisztelt asztal-vendégek, meg ne botránkozzanak azon, amit beszélek. Én eljöttem messze földről erre az idegen helyre, hogy egy igazságot világosságra hozzak. Nekem van otthon egy olyan tüköröm, amely mindent kimutat, ami jó vagy rossz történik a világon. Abból a tükörből néztem én ki, s tudom is, hogy ezt az Aranyhajú Kálmánt az itt jelenvaló királyné szülte a világra. De a boszorkány vén szüle, hogy a király itthon nem volt, befurakodott a királyné mellé bábának, a fiút, mikor megszületett, elsikkasztotta, s az udvarbelieknek azt hazudta, hogy a királynénak a fia halva született. Ez olyan igaz, mint a fényes nap, ha nem hiszik, menjenek, ássák ki a fazekat a kertben, s meglátják, hogy egy kopókölyök van abban eltemetve. Ezt pedig azért cselekedte, hogy bosszút állhasson a királyon, hogy nem az ő leányát, hanem mást vett el feleségül. A fiút pedig eleresztette a malomárokban. Onnan fogta ki a molnár, ez, aki feltartotta, s felnevelte ekkoráig.

Elbámult ezen a beszéden az egész vendégsereg. Még el sem végezték jól az ebédet, a király futtatott a kertbe, kiásatta a fazekat, s egy kopókölyköt talált abban. Tüstént elfogatta az ördöngős vén boszorkány szülét a leányával együtt, s mind a kettőt borsószalmán megégette. A molnárt s a molnárnét a fia felneveléséért olyan gazdagon megajándékozta, hogy azok holtuk napjáig szükséget nem láttak. A maga saját fiát, Aranyhajú Kálmánt a szép leánnyal, akit maga hozott magának, összepárosította, magához vette, beültette őket egy szép palotába, máig is ott élnek, ha meg nem haltak.

AZ OBSITOS KATONA

Egyszer volt egy obsitos katona Csikszeredában. Neki járt pénze az obsitján, s megindult, hogy Szebenbe menjen a pénze után. Felköti a kardját s elmegy. Ahogy megy egy jó nagy erdőn keresztül, meglát egy járatlan úton egy oroszlánt, egy agarat, egy cinegét s egy hangyát. Egy marhadögöt őriztek. Mikor meglátja a katona az oroszlánt, már térne vissza, de nem mert vissza se térni. Magához szorítja a köntösét, s elhúzza magát az oroszlán mellett. Elmegy egy darabig, meglátja az oroszlán:

– Eredj, te agár, hívd vissza azt a katonát, hogy osszа el nekünk négyfele ezt a marhadögöt, jótétel helyébe jót várjon.

Visszamegy a katona.

Azt mondja az oroszlán:

– Oszd el nekünk négyfele ezt a dögöt, jótétel helyébe jót várhatsz.

Kihúzza a katona a kardját, elvágja a dögnek az egész hátulját, s odaveti az oroszlánnak.

– Tetszik-e az osztásom neked?

– Tetszik, édes katonám – azt mondja az oroszlán.

Azt mondja a katona:

– Neked úgyis olyan nagy a szád, a nagy húsokat jól leszedheted a csontokról.

Az első lábát hátul levágja, odaveti az agárnak. Felül levágja a nyakát, odaveti a cinegének:

– Neked olyan az orrod, mint a tű, jól kiszedegetheted onnan a húst.

A hangyának odaveti a fejét. A hangya mindjárt bele is költözött.

Megindul a katona onnét.

– Állj meg, édes katonám – azt mondja az oroszlán –, mert most nagy jót tettél velünk. Ha te valaha olyan emberrel találkoznál, hogy nem bírnál vele, s téged meg akarna ölni, gondolj reám, s belőled is oroszlán lesz, s a világon mindennél erősebb leszel.

Azt mondja az agár:

– Gondolj engemet, mikor valahonnét elkésnél, hát belőled agár lesz, s te mindenüvé egy pillanat alatt elfutsz.

Azt mondja a cinege is neki:

– Ha te, édes komám, valahova fölkívánkoznál, gondolj engemet, cinege lesz belőled, s akárhova felrepülhetsz.

Akkor a hangya is előbújik, s azt mondja:

– Gondolj engemet, mikor valahova be akarnál menni, s különben nem tudnál, akkor belőled hangya lesz, egy hasadékon is bemehetsz akárhova.

No, jön a katona a kaszálón keresztül Udvarhely felé. Megkésett, estére vállott az idő. Lesz belőle agár, befut Udvarhelyre egy pillanat alatt.

– Most már legyen belőlem obsitos katona ismét!

Megint obsitos katona lesz belőle, s beszáll egy házhoz estére.

Reggelre kelve az idő, megindul az obsitos katona ki Udvarhelyből, s mikor kijönne, azt mondja magában: „Legyen immár belőlem oroszlán, próbáljam meg azt is!"

Jött az úton le, éppen keddi nap volt, az asszonyok mentek fel Udvarhelyre a vásárra. Mikor meglátták az oroszlánt, elkezdtek sikoltozni, s amennyien voltak, annyifelé futottak. Azt mondja magában az oroszlán: „Legyen most már belőlem obsitos katona, aztán legyen belőlem cinege is, hogy próbáljam meg azt is!"

Meglesz a cinege belőle, repül. Elunja azt is, azt mondja:

– Legyen még egyszer obsitos katona belőlem, azután legyen belőlem hangya is, próbáljam meg azt is!

Meglett a hangya is belőle, ott mászott a földön.

– Most már legyen belőlem obsitos katona ismét.

Meglesz az obsitos katona, s lejön ide a városba Keresztúrra. A fehér király ott lakott, ahol most a törvényszék van. Beszáll egy házhoz este a katona, s reggelre kelvén azt kérdezi a gazdától, hogy miféle uraság lakja azt a nagy kastélyt. Azt mondja a gazda, hogy ott a fehér király lakik, a háza tetejében van egy tornyocskája, s abban van a királynak egy tízesztendős leányocskája. Egy ördöngös szüle őrzi, hogy ahhoz semmiféle teremtett lélek be ne férjen.

Egy szál fenyőfa nőtt volt a tornyocska ablaka alá. Azt mondja az obsitos katona:

– Legyen belőlem cinege!

Meglesz a cinege belőle, felrepül a fenyőfának a tetejébe, onnét az ablakra szökik, s meglátja a király leánya, kinyitja az ablakot, berepül a cinege a házba, beteszik az ablakot, s addig kergetik, hogy megfogják. Szerette a leány, mert nem látott olyan szép cinegét többet, még a kebelébe is betette, s azt mondja az ördöngös szülének:

– Menj el a királyhoz, drótból csináltasson kalitkát nekem, mert egy szép madarat fogtam.

Abba a kalitkába vályút, kendermagot, vizet tesznek, s felviszi az ördöngös szüle a király leányának, s beleteszik a madarat a kalitkába.

Besötétedik egyszer, az ördöngös szüle s a királykisasszony lefekszik, el is alusznak. Azt mondja a cinege:

– Legyen hangya belőlem!

Meglesz a hangya belőle, kibújik. Mikor kívüljött, azt mondja:

– Legyen belőlem cinege! – s leugrik a földre a sötétben.

– Legyen belőlem obsitos katona már most!

Eltapogat a királykisasszony ágyához. Felriad a királyleány:

– Menj el, sátán, ne járj itt, mert itt nem járhat senki!

– Én vagyok – azt mondja a katona – a te madarad, akit a kalitkába tettél, ha nem hiszed, gyújts gyertyát, s lássad, hogy a madarad nincs a kalitkában.

Gyertyát gyújt a leány, hát látja, hogy nincs a madár a kalitkában. Megébred az ördöngös szüle is, megpillantja az idegen katonát a szobában, elvisítja magát. Egyszeribe a katona cinegének válott, s visszarepült a kalitkába. Az ördöngös szüle lefutott a királyhoz.

– Felséges királyom, életem-halálom kezedben vagyon, a felséges királykisasszony szobájában egy idegen személy volt az éjszaka.

– No, te vén boszorkány, biztosan te engedtél oda be valakit, mert a te híred nélkül nem mehet oda senki – ahajt a fehér király, összegyűjtet tizenkét tanácsost, hogy ítéljék meg, hogy miféle halállal vesszen

el az ő leánya, hogy így meggyalázta az ő királyi kastélyát.

Kínos halálra ítélték a királyleányt. Csakhogy a többi között egy vak tanácsos azt mondotta:

– Ne pusztítsátok el, hátha nem hibás. Hanem a fehér király hozassa le, tétesse tömlöc fenekére.

Ekkor a cinege kibújt a kalitkából, lerepült a tömlöc rostélyára, s bement a leányhoz ott is. Azt mondja a vak tanácsos:

– Felséges király, tegyünk próbát. Tétess egy véka aranyat s egy szál kardot az asztalra. Mi kezdjünk téged rángatni, a királyné fusson a tömlöc ablakára, s kezdjen lármázni, hogy: „Ölik a tanácsosok az édesapádat!" Ha valami életrevaló ember az a katona, s az most is ott van nála, onnan kijön, ahogy bement, bejön ide a házba hozzánk, meglátja az asztalon a véka aranyat s a szál kardot. Ha jóravaló ember, a kardhoz kap, ha valami korhely, az aranyhoz kap.

Beszökik a házba a katona, hagyja az aranyat, kapja a kardot, pallani kezdi a tanácsosokat a kard fokával, lapjával, ahol éri.

– Hó, fiamuram – azt mondja a király –, ne üsd, vágd többet a tanácsosaimat, látom, nem vagy afféle tedd el s ne vedd elé legény, aki az árnyékától is megijed. Én a leányomat kigyelmednek adom s még életemben fele királyságomat, de úgy, hogy napfényre az én leányomat sose vidd, mert a fekete rendbeli sárkány azt ígérte, hogy ha napfényre kikaphatja, elrabolja magának feleségül.

Király lesz az obsitos katonából, s azt mondja egyszer a feleségének:

– Édes kincsem, menjünk el abba a virágoskertbe, járjuk, sétáljuk meg magunkat!

– Édes angyalom, ne menjünk mi sehova, mert ha kiviszel a napfényre, nálam nélkül maradsz.

– Vagy nem – azt mondja az obsitos –, édes kincsem! Inkább körülötted áll egy ármádia huszár kihúzott karddal.

Lemennek sétálni, s kereken állítanak egy ármádia huszárt kihúzott karddal. Mikor hátrasétálnának a virágoskerbe, álló délkor besötétedik, s a fekete rendbeli sárkánykirály felöleli az új királynét, s elviszi magának feleségnek. Sír az új király, bemegy a felesége apjához.

– Nem fogadtam meg a felséges király atyám tanácsát, kivittem a leányát a napfényre. Elrabolta a fekete rendbeli sárkánykirály!

– Hát ha már így történt, immár házasodj mással, viseld a fele királyságot.

– Én, felséges király atyám, nem házasodom meg soha, sem itt nem ülök, mert én elmegyek, hogy megkeressem a feleségemet.

Egy véka aranyat felpakol egy általvetőbe, felteszi egy lóra, felülnek ketten két lóra az inasával, s elindulnak ők utazni. Elsötétednek egy nagy rengeteg erdőnek a szélében, ott egy fa alatt tüzet tesznek, jót vacsorálnak ketten az inasával, s reggelre kelve utaznak tovább az erdőn keresztül. Hát ahogy mennek, egyszer kopácsolást hallanak. Hát egy öreg ember, még tán nálam is öregebb, valami száraz ágakat vág le egy fának a tetejéről. Azt mondja az új király:

– Ugyan, öregapám, miért vágja kigyelmed annak a fának a tetejéből azt a száraz ágat?

– Én evvel teszem le a szolgálatot a fekete rendbeli sárkánykirálynak, hogy a hátamon viszek neki egy hát fát mindennap.

– Öregapám, mutassa meg nekem a sárkánykirálynak a lakóhelyét, itt egyik ló legyen a kiedé, s ez a fél véka arany.

Megmutatja az öreg ember, odaadják neki az egyik lovat s egy fél véka aranyat. Mondja az új király:

– Legyen belőlem cinege!

Ahajt szárnyrakel a cinege, s felrepül a sárkánykirálynak az ablakára. Ott azt mondja:

– Most meg már hangya legyen belőlem! – s bebújik az ablak sarkán.

Meglátja a felesége, s azt mondja:

– Ó, édes hangyám, az én uram is ilyen módon változott.

Azt mondja a hangya:

– Hiszen én vagyok a te urad!

– Menj el, vagy bújj el, édes uram, valahova, mert a sárkánykirály mindjárt hazajön, s téged elpusztít.

– Hát most, édes kincsem, hol van a sárkánykirály?

– Oda van – azt mondja a királyné – a vörös királynál. A vörös király ad mindennap egy kövér disznót készen, megmejjesztve, azért a sárkánykirály sóval, fával, vízzel tartja a vörös királyt.

Azt mondja az új király a feleségének:

– Én elmegyek, de ha holnap disznót nem hoz neked, még akkor életben vagyok.

Elmegy onnan az új király a vörös királyhoz, leül a kapujába. Kimegy a kanásznak a fia, s kérdi tőle, hogy mi járásbeli.

– Beállanék disznópásztornak, ha megfogadnának.

Azt mondja a kanász fia a vörös királynak:

– Disznópásztornak kínálkozik egy ember – behívják, s meg is fogadják.

A disznópásztornak a fiával s az új pásztorral kihajtanak reggel százegy kövér disznót. Meghagyták, hogy a százon felüli egy disznót készítsék el szépen megmejjesztve, hogy mikor jön a sárkánykirály, vihesse. De az új disznópásztor nem mejjesztette meg. Jön a sárkány.

– Melyik az a kövér disznó, te pásztor, meg van-e mejjesztve?

– Nincsen biz az, mert én nem veszek neked disznót az én béremből, élj meg, ahogy lehet.

Akkor elmegy a sárkány haza üres kézzel.

Hazahajtják este a csordát a vörös király udvarába, beolvassák. Hát a százegy disznó mind hazament.

– No, te pásztor, már holnap kettőt kell hajtani a százon felül, hogy vigye el a sárkánykirály mind a kettőt.

Másnap kihajtanak százkettőt. Hát jön a sárkány:

– Hát melyik az én disznóm, te pásztor, van már kettő?

– Tán azt hiszed, hogy én neked az én béremet bent hagyom, hogy te hordd el a disznókat innen?

Este lesz, hazahajtja a százkét disznót a pásztor. Szidják kegyetlen módon. Másnap reggel kiolvasnak neki százhármat. Akkor is megy a sárkánykirály a három disznó után:

– Te pásztor, melyik most már az én három disznóm? Tudod-e, hogy most már hármat kell, hogy adj?

Azt mondja a pásztor:

– Én egyet sem.

– Hát, te pásztor, mi szándékkal vagy, meg akarsz velem küzdeni?

Azt mondja a pásztor:

– Én nem bánom, ahogy neked tetszik.

Összefogontoznak ketten. Gondolja magában a pásztor:

„Legyen belőlem oroszlán!" Úgy megszorítja a sárkányt, hogy egybe kettészakad a derekán. Kifutott belőle egy vadnyúl, futott ki a hegyre.

„Legyen belőlem agár!" – azt mondja a pásztor magában.

Elfogja a nyulat az agár, elszakítja a nyulat ketté, kirepül belőle két vadgalamb. Azt mondja a pásztor:

– Legyen belőlem cinege!

Felrepül eleikbe, s a két vadgalambot mind agyonvagdossa. Akkor a sárkánynak orrát, szemét, körmét mind leszedte, s a tarisznyába belerakta, s hazahajtotta a disznócsordát a vörös királyhoz este. Szidják kegyetlen módra a szegény pásztort, hogy nem adta oda a három kövér disznót, mert immár sóból, vízből, fából kifogytak.

Azt mondja a pásztor:

– Azt a sárkányt én agyonütöttem. Bírjad sóját, vizét, fáját, mert elpusztítottam a sárkánykirályt.

Akkor a vörös király ajándékozott neki hat lovat, egy aranyos hintót és négy társzekeret, ahhoz való cselédekkel együtt. Onnét elmennek a fekete rendbeli sárkánykirály kastélyába, a feleségéhez. Bemennek a sárkánykirály udvarába, megfordulnak a négy társzekérrel, s azt megrakják arannyal, ezüsttel.

Akkor az új király a feleségének megfogta a kezét, levezette, beültek az aranyhintóba, s eljöttek haza, ide a fehér király udvarába, ahonnét elvitték volt a leányt. Nagy örömmel leszálltak, s még máig is élnek, ha meg nem haltak. Holnap legyenek a kigyelmetek vendégei.

BORSSZEM JANKÓ

Egyszer volt, hol nem volt, hetedhét országon túl, még azon is túl, egy falu. Volt a faluban egy házaspár, aki sokat búsult amiatt, hogy nekik három leányuk volt, s azokat elrabolta a sárkány, s most már nekik nincsen egy gyermekük sem. Kivált az asszony sírna még ma is, ha csudálatos módon egy fia nem született volna. De született, mégpedig, amint mondám, csudálatosan, mert mikor egyszer az asszony reggel a házat seperte, lelt egy borsszemet, lenyelte, s amint nyelte, felfohászkodott, hogy bárcsak az isten egy akkora fiat adna neki, mint egy borsszem. Hát harmadnapra született is egy fia, de az csak akkora volt, mint egy borsszem, s azért elnevezték Borsszem Jankónak.

Jankóból pedig hamar ember lett, mert harmadnapra már beszélt, már futkározott a házban, evett-ivott magától. Egyszer azt mondja az anyjának:

– Édesanyám, igazán mondd meg nekem, volt-e nekem valaha néném vagy bátyám.

– Igazat mondok, édes fiam – sóhajtott az anyja –, bár előre tudom, hogy tégedet elveszítlek miatta – s elmondotta, hogy volt még három leánya, de a nagyobbikat a háromfejű, a közbensőt a hatfejű, a legkisebbiket meg a tizenkétfejű sárkány ragadta el ezelőtt pár esztendővel.

– Elhiszem, anyám – azt mondja Jankó –, de most már mondd meg azt is, hogy hol találom meg őket, hova menjek utánuk.

– Megmondom azt is – azt mondja az anyja. – Van az erdőn egy mély lik a föld alatt, az udvarunkon pedig egy körtefa, amelyik minden éjjel azon a likon leszáll a másvilágra, s csak reggel jön haza. Ezen a fán jöttek fel a sárkányok is, s vitték el a három nénédet egymás után három éjjel.

– Jól van – azt mondja Jankó –, most menj el, édesanyám, süss nekem igen hamar a tejeddel útra három pogácsát, addig, amíg kimegyek apámhoz a mezőre, hogy elbúcsúzzam tőle.

Ott termett Jankó, ahol nem is vetettek. Egyszer csak hallja az apja, hogy valaki nagyban rikoltoz:

– Csá, Daru, csá, te Szilaj, hó meg, Binda a barázdában!

Hát látja, hogy sürög-forog mind a négy ökör, mint a szél, alig győzi az ökrök után az ekeszarvat fogni. De azért a munka igen jól folyik, a barázda egyenes, mint a nyíl, hiba sehol sincs. Néhány perc, hát a földje, egy egész hold, meg van szántva.

– Istenem – kérdi –, micsoda dolog legyen ez?

– Én vagyok, apám – feleli Jankó –, ugye, tudok hozzá?

– Tudsz, fiam, tudsz, de ki vagy, hol vagy?

– Itt vagyok, az eke szarvát fogom, hát nem látja, hogy én vagyok? – feleli Jankó.

No, végre, addig s addig néz, amíg meglátja az ő Borsszem Jankóját.

– Hát te vagy az, kicsi fiam? Gyere, hogy vegyelek le onnat! Leesel, fiam!

– Nem, apám, ne féltsen engem. Búcsúzni jöttem. Megyek a három néném után. Három esztendőre, mától kilenc napra vagy hazahozom őket, vagy ne is várjon soha idehaza engem – akkor az esztendő három napból állott.

No, egy szó mint száz, kezet szorít Jankó, s megy haza. Egy pillanat alatt megeszik vacsorára vagy hat nagy pogácsát, hármat tarisznyájába tesz, botot vesz a kezibe, anyját megcsókolja, s felugrik az udvarukon levő körtefára. Éppen jókor, mert a fa éppen indulóban. El be vele a nagy erdőbe, ágon-hegyen be a likba, pont éjfélkor helyt volt a föld alatti világban. Ott leszáll a fáról, leheveredik a fűbe, hogy nyugodja ki magát.

Nem sokáig nyugodott Jankó, mint akinek nagy dolga van elvégezni való, jókor reggel, mikor még alig villámodott, néz szerteszéjjel, jobbra-balra, dörgöli a szemét, hogy jobban lásson, amíg végre addig vizsgálódik, hogy meglát távolról valami fényeset, mint egy ragyogó csillag. Azonnal arra veszi útját, s megy, megy, délelőtt tizenegy órára pontban odaér. Hát látja, hogy az egy fényes rézből épült vár, ami forog szüntelen, mint egy lefektetett kerék a malom korongján.

Tűnődik, gondolkozik magában, hogy hogy lehetne bejutni abba a fényes várba. Töri az eszét szinte egy óráig. Már-már azon volt, hogy vesz egy nagy szálfát, s azzal, mint a molnárlegény szokta a malomkereket megállítani, ő is megakasztja a sarkonforgó várat, amikor szerencséjére álló délkor az is egyszeribe megállott. No, ez tetszett Jankónak, a kapuhoz futott, csakhamar benyitja, s megy egyenesen a legfényesebb palota felé. A palota ablakában meglát egy szép úriasszonyt, olyanformát, mint amilyenek itt a földszínen vannak. Köszön neki, felel is az úriasszony az ismeretes, rég nem hallott szóra. De hogy nem látja a köszönőt, azt mondja:

– Akárki légy, hallom, hogy magyarul beszélsz, én is magyar vagyok. Gyere, siess fel a palotámba, hogy tarthassalak jól, s azután haladj tovább, amíg férjem, a háromfejű sárkány, haza nem jön, mert ha itt kap, nem kegyelmez az életednek.

Ebben a szempillantásban lesuppan a magasságból egy nagy rézbuzogány, éppen egymázsás, Jankó mellé. Jankó kérdi:

– Miféle dolog ez?

Az úriasszony most már észrevette Jankót, s azt mondja neki:

– Siess, rejtsd el magad valahova, mert ez annak a jele, hogy a férjem egy mérföldre van. Olyankor mindig hazadobja a buzogányát, hogy azalatt, amíg jön, az asztal terítve legyen, s az étel se hideg, se meleg ne legyen.

De Jankó nem azért jött, hogy elbújjon. Kapta magát, felkapta a buzogányt, megtekerintette a feje felett kétszer-háromszor, s úgy kidobta a várból, hogy éppen két mérföldre esett le. Látta ezt a sárkány, bámult rajta, de nem volt egyéb mit tenni, utánaballagott a buzogánynak, és most az egyszer a vállán vitte haza.

Jankó pedig ezalatt felmegy a palotába, köszönti a nénjét, előveszi a tarisznyájából a pogácsát, s kínálja belőle. Alighogy megkóstolta, azonnal ráismert:

– Jaj, ez éppen az anyám tejével van sütve!

– No, egyél hát belőle, mert én éppen az öcséd vagyok. Utánad jöttem, hogy megszabadítsalak.

– Jaj, kedves öcsém, mit gondolsz, hiszen az én férjem, a háromfejű sárkány, ha itt kap, elevenen befal téged.

– Meglátjuk, néném – szólott Jankó –, vagy meghalok, vagy megszabadítalak. Én megígértem anyámnak, s megtartom a szavam.

Ezalatt közelgett a sárkány. Az asztal megterítve, három nagy pogácsa rézből, három kád tej forralva készen várta a gazdát. Ez volt a rendes ebédje.

Megjön a sárkány. Még be sem lép jól a küszöbön, azt mondja:

– Piha, milyen emberbűzt érzek! Ki van itt, asszony, a háznál?

Az asszony szólott volna, nem is, félt, sárgult pirult, nem tudta, mit mondjon. Ha megmondja, elárulja az öccsét, ha nem, neki lesz vége.

Jankó azonban nem sokáig búsította a nénjét, hanem amíg a nénje habozott, ő addig előállott.

– Jónapot, sógor, én vagyok itt, azért jöttem, hogy meglássam a nénémet.

– Piha, de kicsi ember vagy, sógor! Nem is tudom elképzelni, ki hajította a buzogányomat olyan messzire. Tudom már, hogy nem te.

– Lassan, sógor – felel neki Jankó –, kicsi a bors, de hatalmas! Tudod-e, hogy én Borsszem Jankó vagyok?

– Hallottam híredet – azt mondja a sárkány –, de ma itt hagyod a fogadat, mert ma megküzdünk egymással. No de gyere, egyél, igyál, mert hidd meg, nagy dolgod lesz még ma.

Jankó nem hívatta magát kétszer, asztalhoz ült, a rézpogácsából kettőt csakhamar feltörmölt, amíg a sárkány egyet csak nyámmogott, a kád tejeket pedig egymás után úgy felhajtotta, mintha csak egy kispohárral lett volna.

– No, sógor, készen vagyok, köszönöm az ebédet. De lássunk dologhoz, küzdjünk meg. Hívtál az előbb!

A sárkány forrott mérgében, nekitürkőzik, s kimennek az udvarra. Megragadja Jankót, felemeli a feje felibe – könnyen tehette –, s úgy vágja sógorát a földre, hogy Jankó éppen térdig süllyed a földbe. De Jankó se rest, kapja magát, kiugrik a földből, fogja az otromba sárkányt, felemeli a földről, megkanyarítja kétszer-háromszor, s úgy vágja földhöz, hogy éppen nyakig süllyedt el. Akkor kapja a nagy rézbuzogányt, úgy veri fejbe, hogy a háromfejű sárkány még jajt se tudott mondani. Bámult rajta a nénje, de azért még tovább is aggódott az öccse sorsán.

– Öcsém – azt mondja neki –, ennek a sárkánynak még van két bátyja, az egyik hatfejű, a másik tizenkétfejű. Azok bosszút állnak rajtad.

– Meglátjuk, néném – azt mondja Jankó –, most kinyugszom magam, s holnap hajnalban megyek, hogy a másik két nénémet is felkeressem.

Úgy is lett. Jankó másnap még virradat előtt talpon volt, s kiment a rézvárból. Felhágott egy dombra, körülnézett, s meglátott nagyon-nagyon messze egy a tegnapinál tündöklőbb csillagot. Már előre tudta, hogy az az ezüstvár, a hatfejű sárkány vára. Meg se nyugodott, amíg oda nem ért. Ez a vár is álló délkor megállapodott, és így Jankó bemehetett, s csakhamar felment a legfényesebb palotába, ahol a nénje az ablakban ült, és hímet varrt. De ahányat öltött, annyi könnycseppje hullott rája. Siratta rabsorsát a másvilágon. Ráköszön Jankó:

– Ne sírj, néném, utánad jöttem. Tűz-víz, élek-halok, de bizonyosan megszabadítalak téged.

volt! Megragadja a sógort, forgatja ide s tova, s amint látja, hogy itt többet ésszel, mint erővel, kaszát vet a sárkánynak, kiüti a lábát alóla, s úgy taszítja földhöz, hogy elszédül bele. Akkor Jankó kapja a buzogányt, használja az időt, s úgy üti hátba a sárkányt, hogy az meghalt tartozatlanul.

– Úgy kell neked – azt mondja Jankó –, most nem én vagyok, ugye, a semmi?

S azzal sietett fel a palotába, ahol a nénje ezer aggodalommal várta, s az asztal már terítve volt számára. Jankó nem sokat kérette magát, hozzáült, s hozzá is látott ételhez, italhoz, azután lefeküdt, hogy nyugodja ki magát.

Reggel még virradat előtt ismét talpon volt, s útnak indult a legkisebb nénje felkeresésére. Most nem sokáig kellett vigyázkodni, mert a tizenkétfejű sárkány vára aranyból volt, s Jankó azt gondolta, hogy a felkelő nap, amikor meglátta. Ment, mendegélt Jankó, s hát éppen álló délben érkezett meg, amikor a forgó aranyvár megállott. A hárommázsás buzogány tiszta aranyból éppen akkor zsuppant le, amikor a nénje palotájához ért, s azt ő minden hímezés nélkül négy mérföldre hajította vissza.

Amíg a tizenkétfejű sárkány a buzogánya után cammogott, s a vállán három mérföldről hazaemelte, Jankó addig megismertette magát a nénjével, és elmondta, hogy ölte meg a három– meg a hatfejű sárkányt, s elmondta azt is, hogy ugyanezt szándékozik tenni a tizenkétfejűvel is. De a nénje azt mondta, hogy most az egyszer ne próbáljon, mert a tizenkétfejű sárkányt még senki le nem győzte, hanem inkább bújjék el egy szegletbe. De Jankó nem volt ijedős legény, s megnyugtatta a nénjét, hogy csak hagyja reá a dolgot, majd eligazítja ő.

No, ő el is igazította, hogy nem volt köszönet benne. Megállott az aranyvár kapujánál a mezőn, s ott várta a tizenkétfejű sógorát. Nem sokat késett az, s előre forrott mérgében, mert már tudta, hogy a sógora jött ellene, hogy a nénjét elvigye tőle. De menynyire bámult, mikor látta, hogy Jankó nem egy óriás, hanem csak akkora, amekkora lehetett. Nem is köszönt neki, hanem fogta a buzogányát, s úgy vágta hozzá, hogy a föld is felszakadott utána. Jankó azonban az efféle elől, mint a bolha, félreugrott, s amíg a sárkány a buzogányt felemelte volna, nyakában volt Jankó, s egy pillanat alatt tizenegy nyakát tekerte ki, csak a tizenkettediket hagyta meg. A sárkány látta, hogy vége van, ha szépen nem szól Jankónak. Kérni kezdte hát:

– Édes sógor, kérlek szépen, csak ezt az egy fejemet hagyd meg, mindent megteszek, amit kívánsz.

Jankó nem volt rosszlelkű ember, megegyezett a sárkánnyal, s az élete válságában megmondta, hogy van a palotájában a pohárszék tetején egy aranyvessző. Ilyen vessző van ezüstből s rézből a másik két nénjénél is.

– Vedd csak a vesszőt – azt mondja a sárkány –, üsd meg vele a váramat, s lesz belőle egy aranyalma. Ezt tedd a zsebedbe, s viheted magaddal, ahová akarod; s ahol használnád, ott tedd le a földre, üsd meg a vesszővel, s vár lesz belőle, amilyen volt.

Jankónak sem kellett több, szaladt a nénjéhez, vette az aranyvesszőt, s hogy a nénjét a várból kivezette, megsújtotta az aranyvesszejével, s a vár nyomban aranyalmává változott, akkor a zsebébe tette, s vitte magával. Így tett az ezüstvárnál is, így a rézvárnál is.

Vitte magával a három nénjét, amíg elért a világ kapujához. Itt abban állapodtak meg, hogy a körtefán menjen ki az egyik, az hozzon hosszú kötelet s egy nagy zsákot, s rendre húzzák ki egymást.

Jankó két nagy hibát tett szeretetből. Egyik az volt, hogy az almákat s a vesszőt visszaadta nénjeinek, a másik az, hogy utoljára akarta magát kihúzatni. De a nénjei nem voltak jólelkűek, attól féltek, hogy Jankó még el is veheti tőlük a kincseket, s elhatározták, hogy mikor Jankót félig kihúzták, visszaeresztik. De Jankónak még volt egy kicsi esze, élt a gyanúperrel, s azért maga helyett a buzogányát tette a zsákba, hogy lássa meg, milyen indulatú nénjei vannak. Azok pedig a zsákot visszaejtették, s ha Jankó beleült volna, mind szilánkra szakadott volna.

Immár szegény Jankó egyedül maradott az alsó világban. Kimenni nem tudott, mert nénjei otthon az alvilágba járó körtefát kivágatták s elégették, nehogy Jankó azon valahogy visszajöjjön a hazájába, s őket megtalálja. Amint így búslakodik magában, egyszer csak hall valami keserves madársírást. Odasiet, hát látja, hogy egy nagy kígyó, mint egy kötőrúd, tekeredik egy magas fára, ahol griffmadárkák vannak. Odamegy Jankó, s egyszeribe úgy leüti onnan a kígyót, mintha nem is lett volna. Mikor ez megtörténik, felmászik a madárfiakhoz, s azok köszönik neki a jót, hogy az életüket megmentette, s azt mondják:

– Hát még apánk s anyánk mikor hazajön, hogy meghálálják! Amit éppen kívánsz, mindent megtesznek! De gyere, bújj a szárnyunk alá, amíg hazajönnek, mert mikor apánk s anyánk meglátják, hogy élünk, örömükben elnyelnek téged.

Éppen jókor, mert az öregek csakugyan jöttek, s mikor látták, hogy a fiaikat a kígyó nem ölte meg, úgy örültek, hogy csuda. Mikor az örömük kezdett egy kicsit csendesedni, előmutatták a fiak Jankót. Csak egy kicsi híja volt, hogy fel nem falták szegényt.

– Kérj vitéz, ami kívánsz, mindent megteszünk – azt mondták neki.

Jankó azt kérte, hogy vigye ki őt valamelyik a felső világba. Meg is lett. A vén griffmadár feltarisznyált egy bivalyt megnyúzva, s meghagyta Jankónak, hogy mikor visszanéz, mindig vessen egy darabot a szájába.

Repült már a griff felfele, Jankó a hátán. Vetette a húst mindegyre, amíg az egész bivaly elfogyott, s még mindig nem voltak a kijáró liknál. Egyszer néz hátra a griff, s hogy nem volt hús, kapja magát Jankó, s vág a saját cobókjából. Azt is elnyeli a griff, s abban a pillanatban már a földön is voltak.

– Miféle húst adtál utoljára? – kérdi a griff.

– A cobókomból vágtam – azt mondja Jankó.

– Gondoltam – felelé a griff –, mert igen édes volt – azzal a helyére tette a húst, reáfújt, s egy pillanat alatt odaforrott.

Jankó megköszönte a griffmadárnak a szíves segítséget s hazament. Nénjeitől a várakat elvette, s őket büntetésből kicsapta a világba, elvett egy királyleányt, s még ma is él, ha meg nem halt. Legyen a kigyelmetek vendége holnap, s ha nem jönne, a részét adják a mesemondónak.

CSINOS VITÉZ

Egy királynak volt három leánya. Egy napon mind a hármat elragadta valami. A király kihirdette körös-körül minden országban, hogy ha olyan vitéz akadna, aki megtalálná, neki adná akármelyik leányát s fele királyságát.

A palota szomszédságában, egy kicsi kunyhóban élt egy szegény asszony, annak volt három fia. Azt mondja egyik a három közül:

– Édesanyámasszony, süssön pogácsát, hadd próbáljunk szerencsét.

Elmennek fel, a királyi palotába, s elmondják, hogy mi jóban járnak. Azt mondja nekik a király:

– No, fiaim, én adok alátok három lovat, útravalót, útiköltséget, amennyi kell.

A két nagyobb választ magának a király lovai közül aranyszőrű paripát, a kisebbik pedig összejár tizenhét istállót, sehol se kap magának való lovat. Meglátja egy ördöngős boszorkány, azt mondja neki:

– Mit keresel, te kisfiú?

Mondja a kisfiú:

– Összejártam a királynak tizenhét istállóját, sehol sem találtam magamnak való paripát.

Azt mondja az ördöngős szüle:

– Magadnak valót itt ne is keress, hanem menj be a királyhoz, s kérd el tőle az aranykürtöt, állj fel a királyi emelvényre, fújd meg napkeletről napnyugatra.

Négy óra alatt tizenhét ország havasáról hazajönnek az aranyszőrű ménesek. Tégy a kapuba egy medence eleven szenet, amelyik ló megeszi, avval menj te szerencsét próbálni.

Megfogja a csikót a legény, Csinos vitéz, viszi be az istállóba. Kérdi tőle a csikó:

– Te mit akarsz velem?

Feleli a legény:

– Megyek szerencsét próbálni.

Mondja a csikó:

– Hozz ki nekem nyolc véka abrakot, egyszerre töltsd le elémbe. Amíg megeszem, menj be az öreg királyhoz, kérd el tőle azt az arany nyeregszerszámot, amivel ifjúságában lovagolt.

Azt mondja az öreg király:

– Háromszáznyolcvan esztendeje, hogy nem használtam. Ott van a hintószín fele, a padláson, ahol a pulykák hálnak. Eredj, hozd le, s eredj véle.

Megnyergeli a lovat Csinos vitéz. Azt mondja neki a ló:

– Ne ülj még rám, vezess ki a városból, mert még az erőm nem gyűlt annyira, hogy elbírjalak.

Meglátja a két testvérbátyja, hogy milyen rossz, rondaszőrű csikóval indult meg az öccsük, s azt mondják neki:

– No, öcsém, te nem jöhetsz velünk egy úton, ha ilyen rossz lovat választottál magadnak.

– Hagyjátok el, testvéreim, majd csak elérkezem én is, ahova ti.

Kiérkeznek a város végére, azt mondja a borzas csikó:

– Állj meg tőlem tizenöt lépésnyire.

Reáfúj Csinos vitézre, lesz belőle olyan aranyköntösű királyfi, mint a nap, s a lóból is olyan aranyszőrű paripa, hogy Csinos vitéz csak úgy pillogott bele. Akkor azt mondja a lova Csinos vitéznek:

– Ülj fel most reám, de fogózz meg jól, mert éppen felszököm a tizenhetedik égnek a háta megé veled.

Mikor odaértek, kérdi a lova Csinos vitéztől:

– No, hol vagy? Mit nem állhatsz?

Azt mondja a vitéz:

– A nap hévségét nem állhatom.

Megszöki a ló magát, egyszerre viszi a földnek éppen a legbelsőbb gyomrába. Megkérdi ismét:

– No, mit nem állhatsz?

Feleli a vitéz:

– A föld nehéz bűzét nem állhatom.

Megszöki ismét a ló magát, visszaszökik éppen oda, ahol a vitéz két bátyja állott. Utaznak ők hárman, mennek hetedhét országon keresztül. Elérnek egy rézmezőbe. Azt mondja Csinos vitéz:

– No, bátyáim, etessünk meg, igyunk, együnk, nyugodjunk, mert meg vagyunk fáradva.

Mikor innának, ennének, feltartja Csinos vitéz a kardját, s azt mondja:

– No, bátyáim, esküdjünk meg hárman, hogy mindenütt én leszek az első, amíg együtt utazunk. Most lefekszem, ti őrizzetek engem, amíg én alszom.

Kivont karddal őrzik a bátyjai, amíg Csinos vitéz alszik. Egy szellő megfújja a két legényt, elalusznak, Csinos vitéz pedig felébred, elmegy onnan, s rátalál egy rézhídra. A rézhíd deszkái között kiüti a kardját. A tizenkétfejű sárkánynak a fia megy által a hídon, megbotlik a lova a kardban, elkáromkodja magát.

– Cu, ország-világ kutyája megegyen, ezernyolcszáz esztendeje, hogy itt járok, sohasem botlottál meg velem. Hallottam Csinos vitéznek a hírét, mikor még az anyja világra sem hozta, hogy vitám lesz vele, de ha itt volna is, mi volna énnekem, mikor a két ujjamra sem elég.

Kiszökik Csinos vitéz a híd alól.

– Mi bajod énvelem, te kutya sárkány? Én kiállottam az utadból, mit bajolsz énvelem?

Azt mondja a sárkánykirályfi:

– Jere ki, állj ide előmbe!

Kiszökik Csinos vitéz, összeszólalkoznak:

– Megküzdjünk-e vagy megvagdalkozzunk?

Ölremennek, megküzdenek annyira, hogy a kettő kétfele dől. Csinos vitéz felugrik, és összevagdalja a sárkánykirályfit. Behányja a híd alá lovastól. Megy vissza a bátyjaihoz, azt mondja:

– Keljetek fel, bátyáim, már eleget aludtatok.

Megindulnak, elmennek hetedhét országon keresztül. Elérkeznek egy ezüsterdőbe. Azt mondja Csinos vitéz a bátyjainak:

– Eresszünk meg, bátyáim, mert megfáradtunk. Együnk, igyunk, aludjunk.

Hogy letelepedtek, ettek, ittak, hát a két bátyja elalszik, Csinos vitéz pedig elmegy odébb. Elér egy ezüsthidat. A híd alá beül, a kardját a híd között kidugja. Arra megy a sárkánykirálynak a második fia, egy szivárvány paripán. Megbotlik a lova.

– Cu, ország-világ kutyája megegyen, ezernyolcszáz esztendeje, hogy ezen a hídon járok, sohasem botlottál meg! Hallottam hírét Csinos vitéznek, még mikor az anyja világra sem hozta, hogy vitám lesz vele, de mit gondolok vele! Még ha az egész világ a háta megett volna is, úgy se félnék!

Kiszökik a Csinos vitéz, és azt mondja a sárkánykirályfinak:

– Mi a bajod énvelem, félreállottam az utadból! Hát megküzdjünk-e vagy megvagdalkozzunk?

Vagdalkozni kezdenek, csakhamar összevágja Csinos vitéz ezt a sárkánykirályfit is, s lovastól együtt behányja az ezüsthíd alá. Megy a két bátyjához, azt mondja nekik:

– Keljetek fel, bátyáim, induljunk útnak, már eleget nyugodtunk.

Megindulnak, mennek hetedhét országon keresztül, érnek egy aranymezőbe. Azt mondja Csinos vitéz a két bátyjának:

– No, bátyáim, eresszünk meg, igyunk, együnk, nyugodjunk, mert meg vagyunk fáradva.

Lenyugosznak a bátyjai, Csinos vitéz megy az aranyhíd alá, a kardját kidugja. Arra megy a sárkánykirály harmadik fia szivárványszínű paripán. Megbotlik a ló, azt mondja neki a sárkány:

– Cu, egyen meg az ország-világ kutyája, ezernyolcszáz esztendeje, hogy veled itt járok, sohasem botlottál meg! Hallottam hírét Csinos vitéznek, mikor még az anyja világra sem hozta, hogy vitám lesz vele. De mit gondolok én vele, mert ha az egész világ a háta megett volna is, akkor sem félnék tőle.

Kiszökik Csinos vitéz a híd alól:

– Mit bajolsz velem? Az utadból kiállottam! Megküzdjünk-e vagy megvagdalkozzunk?

Összefogóznak, küzdeni kezdenek. Addig küzdenek, hogy kétfele dűlnek. Felszökdösnek, kardot rántanak, addig vagdalkoznak, hogy megint kétfele dűlnek. Mikor nyugodnak, mind a kettő feláll, s azt mondja a sárkánykirályfi:

– No, nem győzzük le egymást, változzunk! Legyen belőled egy érckerék s belőlem egy acélkerék. Menjünk a világnak a két szélére, mikor összeütünk, akkor valamelyikünk meghal.

Összefutnak, s olyan szikrát vet a két kerék, hogy tüzük a csillagokat érte. Nem lett semmi baja egyiknek se. Azt mondja a sárkánykirályfi:

– No, belőled legyen kék láng, belőlem legyen veres láng, addig égessük egymást, amíg valamelyik legyőzi a másikat.

Amint égetnék egymást, hát két hollófiú repül el fölöttük. Megszólítja a veres láng a hollófiakat:

– Menjetek el, be a híd alá, hozzatok két száj vizet, öntsétek le a kék lángot, mert ha legyőzhetem, adok nektek egy dögöt.

De azt mondja hirtelen a kék láng is a hollófiaknak:

– Nehogy megszánjátok, mert megcsal benneteket. Nekem hozzatok két száj vizet, a szárnyatokat is mártsátok bele, s szánjatok meg, mert ha legyőzhetem, adok én nektek hat dögöt.

A két hollófiú viszen két száj vizet, s a szárnyukat is televiszik vízzel, legyőzi a veres lángot a kék láng, s összevágja a veres láng lovát is, igazítja a hollókat az ezüst- s a rézhíd alá, s átadja a többi dögöket is a hollófiaknak. Akkor megy a két bátyjához Csinos vitéz, s azt mondja:

– Keljetek fel, bátyáim, fogjunk útnak, már eleget nyugodtunk.

Útnak indulnak, mennek, országolnak, elérnek egy havasba, s találnak egy aranykastélyt. Azt mondja Csinos vitéz a két bátyjának:

– No, testvéreim, álljatok meg, hogy nézzem meg, ki a lakója ennek az aranykastélynak.

Amint bemegy, hát ott van hat királykisasszony, három, akit kerestek, s három a sárkánykirályfiak testvérei. A három sárkánykirálykisasszony kártyázott, a másik három őrt állott, udvarolt mellettük. Csinos vitéz, mikor meglátta a három királykisasszonyt, szedi a köpenyegébe, viszi a bátyjainak, teszik a nyereg fejébe, megindulnak hazafelé. Mennek hetedhét országon keresztül, mondja Csinos vitéz:

– Nézzetek széjjel, mit láttok, mit éreztek?

Mondják a bátyjai:

– Érzünk nagy hévséget, látjuk a sárkánykirályt véghetetlen tűzbe jönni. A felső ajaka az eget hasítja, az alsó ajaka a földet szakítja, s olyan földeket von fel, mint egy-egy épület.

– Ne féljetek, bátyáim, mert egybe megállítom.

Egy kis ruhával visszaint, s lesz egy olyan kőfal, hogy éppen az eget éri a magassága. A sárkánykirály, hogy odaérkezett és által nem mehetett, haragjában kettéhasadt, s nyomban elpusztult. Csinos vitéz pedig a két bátyjával s a három királykisasszonnyal elment haza. Nagy lakodalmat csaptak, s máig is élnek, ha meg nem haltak. Holnap legyenek a kegyelmetek vendégei.

KIRÁLYFIÚ KIS MIKLÓS

Egyszer volt egy király, s annak volt egy jó felesége. Mikor a királyné esztendeje férjhezment asszony volt, született neki egy szép kicsi fia. De az a fiú olyan síró volt, hogy mikor született, sírni kezdett, s a sírást el sem hagyta, hanem éjjel-nappal folyvást, örökké sírt két álló esztendeig. A király s a királyné éjjel sem alhatott a gyermek sírása miatt. Végül is összegyűjtötték a tudósasszonyokat s a híres orvosokat az egész országból, hátha azok valami módon el tudnák hagyatni a sírást avval a gyermekkel. A híres orvosok s a tudósasszonyok mindent elkövettek, amit gondolhattak, de semmire se mentek, a gyermek mind csak sírt folytonosan.

Volt ott a városban egy afféle szerencsemondó öreg cigányasszony. Az is meghallotta, hogy meg van a király szomorodva a gyermek sírása miatt. Elment hozzá, s azt mondta neki:

– Felséges király, mit fizetsz nekem, ha el tudom hagyatni a gyermekkel a sírást?

A király azt felelte:

– No, ha te meg tudod tenni, hogy ez a gyermek ne sírjon, én mindent adok neked, amire csak szükséged van, s azután is, amíg élsz, az én udvaromból üres kézzel el nem mész.

A vén cigányné közel ment a gyermekhez, s azt mondta neki:

– Ne sírj, ne sírj, Királyfiú Kis Miklós, mert mikor betöltöd a tizenhét esztendőt, én neked megszerzem Lételenország királyának a leányát, s neked olyan szép feleséged lesz, amilyen még soha senkinek nem volt kerek e világon.

A vén cigányné ezt így elmondotta háromszor egymás után, s a gyermek arra úgy elhallgatott, hogy csak egy nyikkantást sem sírt azután, s jó hallgató gyermek lett belőle. A király ezen nagyon megörvendett, s annyi mindent adott a vén cigánynénak, hogy az alig bírta hazavinni. Volt már mit adjon otthon a purdéknak.

A királyfi nevekedett napról napra, s mikor betöltötte a tizenhét esztendőt, jelentette az apjának, hogy ő meg akar házasodni. A király egy darabig mondogatta neki, hogy várakozzék, még nincs itt az ideje, még igen ifjú, de mikor látta, hogy a fiú erősen áll a feltétele mellett, nem sokat ellenkezett vele, hanem elészámlált sok király- s hercegkisasszonyt neki, hogy válasszon közölük. De a királyfi azt mondotta, hogy neki nem kell más leány, csak Lételenország királyának a leánya, akit a vén cigányné ígért neki, mikor ő két esztendős volt.

– Haj, fiam – azt mondja a király –, hátha ahhoz nem lesz szerencséd, mert én soha még hírét sem hallottam Lételenországnak.

– Márpedig én – azt mondja a királyfi – addig megyek, ha a lábam térdig elvásik is, amíg meg nem találom azt a leányt.

A király látta, hogy nem tartóztathatja a fiát, elkészítette hát az útra jó móddal, minden útiköltséggel, ahogy egy királyfihoz illett.

Volt a királyfinak egy hűséges inasa, azt maga mellé vette útitársul, lóra ültek, s megindultak ki a királyi városból. Mentek, mentek, már ugyan sietve, mint a házasuló legény szokott menni, míg nagysokára, hosszú, terhes utazás után egy nagy havasba jutottak. Ahogy ott mennek, megpillantanak egy remeteházat. Egy igen-igen öreg asszony lakott abban, aki be szokott fogadni minden utazót szállásra. A királyfi is bement a házba, szállást kért éjszakára, és be is fogadta a vénasszony őket. Este sokféléről beszélgettek, s a királyfi elmondotta, hogy ő hova szándékozik. Eddig jövő útjában mindenkitől megkérdezte, hogy hol van az a Lételenország, de mind azt felelték, hogy annak még hírét sem hallották. Most megkérdi a vénasszonytól is, hogy nem tud-e arról az országról valamit, hogy ő arra vehesse útját.

A vénasszony azt mondotta neki:

– Kedves fiam, már háromszáz esztendeje, hogy itt lakom, de hírét sem hallottam annak az országnak. Pedig annyi idő alatt sok jövő-menő megfordult az én házamnál. De van nekem egy cselédem, akit én küldözgetek országról országra, most is oda van követségben, az alighanem tud mondani holnap reggel valamit.

A királyfi alig várta, hogy megvirradjon, hogy végre nagysokára halljon valamit Lételenországról. Szinte álmatlanul töltötte az egész éjszakát.

Reggel, mikor felkeltek, az öregasszony kiállott egy vasostorral az ajtó elé, s avval olyat csattintott, hogy az egész havas megrendült bele. S akkor néz ide, néz oda, de nem lát jönni senkit. Megharagszik, ismét olyat csattint, hogy az egész ház megmozdul, még a padlásból is hullott a por, s mégsem jött senki. Harmadszor olyat csattintott, hogy hét országra elhallatszott, s akkor előjött egy holló, s leszállott az ajtó eleibe.

– Hát ilyen későn kell jönni? – azt mondja a vénasszony. Mindjárt kitekerem a nyakadat, hogy így megkéstél.

– Kedves jó asszonyom, nem jöhettem hamarább – mentegeti magát a holló –, mert leszállottam volt Lételenország királyának a veteményeskertjében egy szép dinnyére. A kertész meglátott, s ellőtte egyik lábamat s három tollat a jobb szárnyamból. Ezért késtem oly sokáig.

Hej, megörvend a királyfi, azt hitte, hogy most már bizonyosan célt érnek.

A vénasszony megparancsolta a hollónak, hogy vezérelje el ezeket az utasokat Lételenország királyához.

– Asszonyom – azt mondja a holló –, kezedben az életem, de ha a nyakamat elvágod, akkor sem megyek többször oda, ahol így bántak velem, hanem elmegyek a határszélig, s onnan az ország határa szélétől megmutatom a szállóidnak, hogy hol van Lételenország királyának a városa s a fényes kastélya.

– Az is jó – azt mondja a vénasszony –, induljatok.

A holló szárnyrakelt, megindult, utána a királyfi s az inas. De minthogy ezek nem tudtak lépést tartani vele, a holló leszállott egy-egy fára, ott megvárta őket, ismét elébbrepült, s ismét megvárta, mindaddig, míg elértek egy iszonyú magas kősziklát, tízszer magasabbat, mint a Fogarasi-havasok. Az a kőszikla éppen a határszél volt. Felmentek annak a kősziklának éppen a tetejére, s a holló megmutatta onnan a királyfinak s

az inasának az egész Lételenországot, megmutatta a király fővárosát s a kastélyát is, s azt mondotta nekik:

– No, én már tovább nem mehetek, hanem ti menjetek be abba a fényes városba. Ihol ne, itt adok nektek két tollat a szárnyamból, ezt tartsátok a kezetekben, s mikor a királyi kastélyhoz érkeztek, csak legyintsetek a tollúval a kastély felé, s arra a legyintésre minden élő teremtés úgy elalszik a kastélyban, mint a föld. Még a légy is elalszik arra. Ti akkor menjetek be a király veteményeskertjébe, ott van két szép dinnye egymás mellett, mégpedig olyan szép és olyan nagy dinnye, amilyen nagyot még eddig senki sem látott. Abban a két dinnyében van a király két szép leánya. Mihelyt a kertbe bementek, egyszerre kapjátok fel ketten a két dinnyét, dugjátok tarisznyába, fel a lóhátra, s akkor ugyan haladjatok visszafele, amilyen gyorsan csak tudtok. De te, királyfi, ha ezt a két dinnyét elhozhatjátok, meg ne próbáld, hogy megkezdd a magadét, míg olyan helyre nem jutsz, ahol neked egy fertály borod, egy sarkalat kenyered s egy darab sülted nem lesz.

A holló, ahogy ezeket elmondotta, elment visszafelé. A királyfi pedig bement az inassal Lételenországba, be a fővárosba, s ott megálltak a királyi kastélyhoz közel. Amint ott állanak, egy nagy légy repült feléjük a kastély felől, az inas feléje legyintett a tollúval, amelyet a hollótól kapott, s arra a légy leesett a földre. Nézi az inas, hát nem mozdul. Azután egy galamb repül feléjük, egy fehér galamb a kastélyból, a királyfi annak is feléje legyint a tollúval távolról, s arra a galamb is csak leesik a földre.

Odamennek, nézik, s hát nem mozdul az sem. Erre azt mondják:

– No, most már mind alusznak a kastélyban, mehetünk.

Bementek hát a kertbe, felkapták a két dinnyét, feltették a lovakra, s mentek vissza, mint a szél. Míg a kősziklához érkeztek, felébredt a király, észrevette, hogy oda a két leány. Utánuk eredt tizenkét fegyveressel, de mire utolérte volna, a királyfi túljárt a kősziklán az inassal. Annak a királynak nem volt szabad túlmenni a határszélen fegyveresekkel, megállott a kőszikla tetején, s utána kiáltott a királyfinak:

– Jól van, elvitted a leányomat, de ha meg nem becsülöd, búját vallod – s avval visszatért a maga városába.

A királyfi vitte a leányt a dinnyében nagy örömmel, s mikor abba a havasba értek, amelyben szállásoltak volt azelőtt, leszállottak a lóról, s leültek egy fa alá pihenni. A királyfi nézegetni kezdi a dinnyét, s nem nyughatott a kíváncsiságtól, hogy meg ne nézze, mi van benne. Megszegi a dinnyét, s hát kiugrott abból egy angyali szép leány, s azt mondja a királyfinak:

– Te az enyém, s én a tied, de van-e egy pohár bor, egy darab kenyér s egy kis sült?

A királyfi erre azt felelte nagy szomorúan:

– Most nincs, édes kincsem, de lesz.

Mihelyt a királyfi ezt kimondotta, a leány abban a helyben mindjárt meghalt. A királyfi, mikor ezt látta, úgy megbúsult, hogy a kardjába akart ereszkedni bújában, de az inas kivette kezéből a kardot, s azt mondotta:

– Ne búsulj már azért a leányért, ha így történt a dolog, én odaadom neked az én dinnyémet.

A királyfi elvette hát az inastól a dinnyét és továbbindultak.

Amíg a királyfi utazott hazafelé, azalatt három vándorló rátalált a király meghalt leányára az erdőben, megismerték, hogy ki leánya volt, s hazavitték úgy meghalva az apjához, Lételenország királyához. Annak a királynak volt egy világhírű orvosa, s az az orvos egy óra alatt feltámasztotta a leányt az ő életadó balzsamával.

A királyfi s az inas azalatt egy vendégfogadóba érkeztek, egy kis erdő aljába. Ott a királyfi sültet, bort s kenyeret rendelt, s mikor előhozták, fogta magát, s megkezdette a dinnyét. Hát abból előállott egy aranyhajú szép leány, s a legelső szava az volt:

– Te az enyém, én a tied. De van-e egy pohár borod, egy darab kenyered s egy kis sülted? – hogy volt, a leány evett s ivott.

Ott mulattak hárman egy kevés ideig, azután kiültek egy kispadra, az ajtó elé, s ott beszélgettek együtt. Ahogy ott beszélgetnének, egyszer csak három varjú leszállott a közelben egy fára, s a kisebb varjú azt mondja:

– Kár, kár, Királyfiú Kis Miklós, elhoztad Lételenország királyának a leányát, megölted éhhel a magadét, elvetted az inasét, de nem lesz örömed benne, mert mikor hazaviszed, a kastély kapuja betörik, s agyonüt téged.

Akkor azt mondja a másik varjú:

– Kár, kár, Királyfiú Kis Miklós, elhoztad Lételenország királyának a leányát, megölted éhhel a magadét, elvetted az inasét, de nem lesz örömed benne, mert mikor hazaviszed, ha a kapu reád nem szakadna is, de amíg vacsorálsz, a torkodon akad egy darab csont, s meghalsz tőle.

Megrázza magát a legöregebb varjú, egy ötszáz esztendős, s azt mondja:

– Kár, kár, Királyfiú Kis Miklós, elhoztad Lételenország királyának a leányát, megölted éhhel a magadét, elvetted az inasét, de nem lesz örömed benne, mert ha a kapu reád nem szakad is, ha a torkodon csont nem akad is, amikor vacsorálsz, reád omlik a palota, s odaöl téged. Aki ezt most rajtad kívül hallja, s mások előtt elmondja, változzék kőbálvánnyá.

A királyfi egy kevéssé megütődött a vén varjú szavára, de gondolta magában, mit tud a varjú a jövendőhöz, mikor az ember sem tud, s hazafelé indult a szép leánnyal s az inassal.

Mikor a főváros határához érkeztek, megállottak. A királyfi beküldötte az inast a városba, hogy küldje ki eleibe az apját, az öreg királyt, hogy illendő módon vihesse be a kastélyba Lételenország királyának a leányát.

Az öreg király ki is ment a fia eleibe a határszélre a tanácsosaival, s az inas otthon maradott. Mikor az öreg király eltávozott a palotából, az inas földig lerontatta a kaput, azután elfutott a szakácsokhoz, s megparancsolta nekik, hogy az ételben semmi ne maradjon, csak lé s csupa hús, mikor az asztalra feladják, s a levet megszűrette kétszer-háromszor is. Azután egy hosszú asztalt készíttetett, de nem a palotában, hanem az udvar közepén, nehogy a vén varjú szava beteljesedjék, s a királyfit, a leányt s az egész vendégsereget valami veszedelem érje. Csak csupa fatányérokat, fakanalakat rakott az asztalra, s ott forgolódott az asztal körül. Megérkezik az öreg király a fiával, a leánnyal és a kísérőkkel. Látja, hogy a kapu lerontva, az asztal az udvar közepén, nagy haragra lobban, s azt mondja:

– Ki volt az a gazember, aki így megcsúfolta a fiamat? A kapu lerontva, az asztal az udvar közepén, mint a béreseké, azon is fatányér, fakanál!

A cselédek megmondották, hogy ez mind az inas dolga. Az öreg király nagy haragjában fejét akarta vetetni a szegény hűséges inasnak, de az inas előállott, s azt mondta:

– Felséges királyom, kegyelem fejemnek, ezt én mind jó célból cselekedtem. Amikor jöttünkben egy vendégfogadó előtt ültünk, én, a királyfi s a királyleány, három varjú leszállott egy közeli fára, s a legvénebb, az ötszáz esztendős, azt kiáltotta a másik kettő után: „Kár, kár, Királyfiú Kis Miklós, elhoztad Lételenország királyának a leányát, megölted éhhel a magadét, elvetted az inasét, de nem lesz örömed benne, mert ha a kapu reád nem szakad is, ha a vacsora alatt a torkodon csont nem akad is, ha ezt elkerülheted is, de ma, mikor vacsorálsz, reád omlik a palota, odaöl téged, s ez az utolsó megesik rajtad." S még azt is mondotta az az öreg varjú, hogy aki ezt hallja, s mások előtt elmondja, változzék kőbálvánnyá. Én azért rontattam le a kaput, mert féltettem a királyfit, s azért készíttettem az asztalt az udvar közepére s nem a palotába, hogy ha a varjú jövendölése szerint a palota be is találna szakadni vacsora idején, meg ne ölje felségedet, a királyfit s az egész díszes vendégsereget, akik ma estére ide hivatalosak.

Az öreg király, mikor ezt végighallgatta, helybenhagyta az inas dolgát, megdicsérte őt az okosságáért, de annak a szegény inas nem örvendhetett, mert abban a pillanatban kőbálvánnyá változott az udvar közepén. Ezen mind az öreg király, mind a fiatal, mind pedig a királyleány erősen megszomorodtak, de mindamellett asztalhoz ültek a vendégekkel együtt, s vacsoráltak a fatányérokból a fakanalakkal.

Hogy felkeltek az asztaltól, a királyfi megsétálta magát a kertben a királyleánnyal, onnan visszament az udvarra, s azt mondta a leánynak:

– De én bizony nem sokat adok egy hitvány varjúnak a szavára, úgyis eltelt már a vacsora ott kint, bemegyek a palotába, a cselédházban csak nem hálhatok az éjjel.

A leánynak eszébe jutott, amit az inas a varjú szava után mondott, kérlelni kezdte a királyfit, hogy ne menjen. De a királyfi nem hallgatott rá, csak megindult elöl, s a leány távolról ment utána. Mikor a királyfi a küszöbre tette a lábát, a palota letörött nagy ropogással, s odaölte a királyfit.

A fia halálán igen megbúsult az öreg király, és megbúsult a királyleány is, hogy már a királyfi is oda, s a jó inas is kőbálvánnyá változott.

Sírni kezdett keservesen a meghalt királyfi mellett, aztán elment, s kerülgetni kezdte sírva, jajgatva a kőbálványt, még a haját is szaggatta keserűségében.

Most is éppen ott volt a szerencsemondó vén cigányné, aki a királyfival elhagyatta volt a sírást kicsiny korában. Odajött, hogy kapjon valamit a fazekába az ételmaradékból. Megsajnálta a királyleányt, mikor látta, hogy olyan keservesen sír, s azt mondotta neki:

– Ne sírj, ne sírj, Lételenország királyának szép leánya! Én szereztelek ide téged, én hagyatom el veled is a te sírásodat, mint valamikor a kicsiny Miklósét. Olyat mondok neked, hogy még a lelked is megörvend bele.

A királyleány egy kicsit felvidult, megtöltötte a cigányné fazekát étellel, s azt kérdezte tőle:

– Hát mi jót tudsz te nekem mondani, te szegény öregasszony?

– Én bizony azt, édes angyalom – azt mondja a cigányné –, hogy hívass a városból hét papot, s a hét pap mondjon hét imádságot a kőbálvány mellett, és abból olyan szép ifjú lesz, hogy hétszer szebb, mint az az inas volt annakelőtte.

Az öreg király mindjárt odahívatott hét papot, azok heten hét imádságot mondottak a kőbálvány mellett, s abból egy olyan szép ifjú lett, akinél szebb nem volt abban az időben. A királyleány megölelte, s azt mondotta neki:

– Te az enyém, én a tied, te hoztál el engem, te tartottad meg az életemet, holtig el nem hagylak téged.

A papok el sem mentek, a legöregebb pap nyomban összeeskette őket. Az öreg király halála után az inasból lett király, szerette őt mindenki, s ő boldogan élt holtig a jó feleségével.

PÁVATOLL

Élt egyszer egy ország fővárosában egy igen-igen gazdag király, Sándor volt a neve. Ennek a királynak nagy kedve tellett a vadászatban. Egyszer, mikor jönne haza vadásztársaival a havasból; látja, hogy egy kopasz lófej meghengeredik előtte az úton. Megparancsolja társainak, hogy törjék ízzé-porrá. Megszólal a lófej:

– Hallod-e, te király, hat királynak a fejét veszem, s a tied lesz a hetedik!

– Rajta, fogjátok meg! – parancsolta a király a társainak, s azok felvették a lófejet, bevitték a városba, s a király parancsolatára a palota ablaka alá hét singnyire beásták a földbe, hogy ne árthasson.

A legközelebbi éjen egy olyan terebély borostyánfa nőtt ki a lófőből, hogy az ágai benőttek a palota ablakán, s belülről mind a négy falát befolyták, szépen kivirágozva. Felkel hajnalban a király öreg anyja, s csak elcsodálkozott azon, amit látott a palotában. Odamegy a fia ágyához s felkelti:

– Kelj fel, fiam – így költögeti –, nézd csak, be szép, gyönyörű borostyánfa növekedett az éjjel az ablakunk alatt, s még a házunkat is betöltötte a virágaival.

– Ó, kegyes anyám – azt mondja sóhajtva a király –, ez nekem nem öröm, hanem inkább szomorúság.

Felkel a király az ágyából, s kiadja a parancsot, hogy haladék nélkül vágják ki a csoda-borostyánfát. Előszólítja a legszebb szobaleányt, s azt mondja neki:

– Eredj sietve, hívj tizenkét fejszés legényt a városból.

Mikor a leány az ablak előtt elmegy, ki a kapu felé, megszólal a borostyánfa:

– Hallod-e, te leány, a fejszés legények, tudom én, hogy eljönnek, s azt is tudom, hogy kivágnak. Mikor a legelső belém vágja a fejszéjét, egy darab forgács kiszökik a törzsökömből, te azt vedd fel úgy, hogy észre ne vegye senki, s tedd a kebeledbe.

A leány eszerint cselekedett, kebelében hordozta a forgácsot, s olyan csoda történt, hogy annak a csodaerejétől szült egy gyönyörű szép fiút. Mivelhogy ritka szép volt, megkeresztelték Pávatollnak.

Mikor aztán ez a fiú nagyobbra növekedett, szépségéért, ügyességéért nagy kedvébe esett a királynak. Vadászni is gyakran elvitte magával. Történt egyszer, hogy így szólott hozzá a vadászaton:

– Te, látom ügyes egy legény vagy, hozd el nekem Kócibár király leányát feleségül.

Pávatoll másnap jó reggel el is indult a nagy útra. Mikor egy nagy folyóvíz mellett mendegélt, meglátott egy roppant nagy halat a part felé úszkálni. Odafordította a puskáját, hogy meglője, de a hal megszólalt:

– Megállj Pávatoll, ne lőj ide! Tudom én, hogy ahova most utazol, ott nagy bajod lesz. Csak jöjj ide, szólíts engem, s én segítek rajtad.

Pávatoll visszaakasztotta a puskáját a nyakába, s továbbment. Egyszer megpillantott egy nagy saskeselyűt a feje fölött lebegni. Célba veszi azt is, hogy lelője, de a sas is megszólal:

– Megállj, Pávatoll, ne lőj ide! Tudom én, hogy ahova most utazol, ott énnélkülem nem boldogulsz, csak gyere ide, szólíts engem, s én segítek rajtad.

Pávatoll nem lőtte meg a sast sem, hanem tovább folytatta az útját. Mikor egy cserjésbe érkezett, meglátott egy rókát egerészni. Arra is felhúzta a puskáját. Megszólal a róka:

– Le ne lőj engem, Pávatoll, mert tudd meg, hogy mikor legnagyobb bajod lesz, éppen én foglak téged kisegíteni – s így a rókának is megmaradt az élete.

Pávatoll mindaddig ment hegyeken-völgyeken keresztül, míg nagy sokára be nem érkezett Kócibár király fővárosába. Bement a királyhoz, ura nevében köszöntötte, s elmondotta, hogy ő mi járásbeli volna.

– Haj, idegen ország fia – azt mondja a király –, olyan leányt, mint az enyém, nem olyan könnyű elnyerni. Én meg nem tagadom a királyodtól, de neked előbb nagy próbákat kell kiállanod, s ha azt ki nem állod, ne bízz benne, hogy elnyered a leányomat.

– S mi leszen az a próba? – kérdezte Pávatoll.

– Csak az – feleli a király –, hogy neked úgy el kell bújni, akárhova is, hogy a leányom téged meg ne kapjon.

Kimegy Pávatoll a király udvarából, s töri a fejét erősen, hogy mitévő legyen. Egyszer csak eszébe jut a hal. Elmegy, s éppen azon a helyen, ahol először találkozott vele, meg is találja.

– Tudom, mi bajod van – mondja neki a hal –, bújj csak be a torkomba, s én úgy elrejtelek, hogy senki meg nem talál téged.

Így is történt. A hal felnyitotta szörnyű nagy torkát, Pávatoll szépen besétált, s a nagy hal levitte őt a folyó fenekére.

Azt mondja a király a leányának:

– No, leányom, keresd meg Pávatollat.

A király leányának egy olyan csodakönyve volt, amelyből, ha csak belenéztek is, akárkinek s akárminek a hollétét könnyen meg lehetett tudni.

A leány csak belepillantott s felkiáltott:

– No, atyám, megtaláltam, de jól elbújt, mert a folyó fenekén egy nagy halnak a gyomrában van.

Kiteszi a nagy hal Pávatollat a szárazra, aki a víz partjáról egyenesen odasiet, ahol a nagy sast látta volt. Hát a sas ismét ott lebeg. Azt mondja neki Pávatoll:

– No, te sas, mármost segíts rajtam, ha módod van benne, és bújtass el engem valahova.

Alászáll a sas, hátára veszi Pávatollat, s elviszi őt a felhők háta mögé.

– Vajon hova lett el Pávatoll a hal gyomrából? – kérdi a leányától a király.

A leány ismét elővette a bűvös-bájos könyvet, s addig nézegette, amíg egyszer azt mondotta:

– Ismét megtaláltam, a hetedik felhőn felül egy sasnak a hátán üldögél.

A sas még egy darabig ott lebegett fenn, azután leszállott, s letette Pávatollat a földre. Azt gondolta Pávatoll, hogy akár nyer, akár veszít, de ő még egyszer próbát tesz a királynál. Be is ment a királyi udvarba, s ott azt mondta neki a király:

– Már kétszer megtaláltunk téged, de harmadszor úgy elbújj, hogy meg ne kapjunk, mert ha megtalálunk, nemcsak hogy a leányomat nem nyered el, hanem még a fejedet is elveszíted.

Pávatoll igen elbúsult ezen, kiment az udvarból, s megkereste a rókát a cserjésben. Elmondotta neki, hogy milyen nagy nehéz próbát kell kiállnia.

– Ne félj semmit – azt mondja a róka –, csak bukjál hamar keresztül a fejeden.

Pávatoll általbukott a fején, s egy szép kis fürge mókus válott belőle. A róka is általbukott a fején, s egy kereskedővé változott. Azután meghengergőzött egy cserfa alatt, s amennyi falevél ott lehullva volt, az mind cifra keszkenővé változott.

Fogta magát a kereskedő, hátára pakolta a sok keszkenőt, a mókust a vállára ültette, s bement a városba. Megállott a Kócibár király kapuja előtt, sátort vont, s árulni kezdette a keszkenőket. A mókus a kereskedőnek hol a fején, hol a vállán, hol a keszkenőin szökdösött nagy vígan. Hírét veszi a király leánya, hogy micsoda keszkenőket árul egy kereskedő a királyi palota kapujában, s leküldi a szolgálóját, hogy válasszon ki egy szépet. A szolgáló kifut, meglátja a mókust, nyomban visszajön, s elmondja a király leányának, hogy be gyönyörű mókust látott játszadozni a keszkenőkön a sátorban. A király leánya elkéreti a mókust a kereskedőtől, hogy amíg ő árulja a keszkenőket, addig hadd mulassa magát vele. Ahogy ott mulatoznék, azt mondja neki a király:

– Elég legyen a játékból, keressed Pávatollat.

Előveszi erre a leány a könyvét, keres benne, de nem talál, s azt mondja a királynak:

– Én semmiképpen nem találom Pávatollat, az árnyékát jól látom, de őt magát nem tudom kivenni, hogy hol van.

A mókus akkor éppen a leány ölében volt lesimulva, s egyet sem mozdult a helyéből.

Nemsokára beküld a kereskedő, s kéreti a mókust, hogy neki tovább kell menni, mert itt nem kel a portékája. El is ment a mókusával együtt, vissza a cserjés mellé, s ott a mókust átbucskáztatta a fején, s lett belőle megint szép ifjú Pávatoll, aki azelőtt volt. Azt mondja neki a kereskedő:

– Nézd, én adok neked egy iskátulyát, ebben egy légy van bezárva, ezt vedd magadhoz, s hasznát veszed. A király az éjjel felöltöztet tizenkét leányt, mind hasonlót a saját leányához, mind egyforma ruhába, s neked még azt a próbát parancsolja, hogy válaszd ki közülük az ő leányát. Te csak bocsásd ki az iskátulyából a legyet, az éppen a homlokára száll a király leányának, s mikor hozzákap a légyhez, akkor fogd meg a kezét, s vezesd el a többi leányok mellől – ezzel eltűnt a kereskedő, Pávatoll pedig bement a királyhoz.

– Isten hozott – azt mondja a király –, hová tudtál úgy elbújni, eleget kerestünk, de nem találtunk?

– Nem voltam igen messze – azt mondja Pávatoll –, mókus képében a leányod ölében heverésztem. Most már a próbát kiállottam, már csak az van hátra, hogy vigyem a leányodat.

– Ne siess – azt mondja a király –, holnap még egy próbát ki kell állanod, akkor ha lesz valami a dologból.

A király másnap reggel sorba állíttatott az udvar közepén tizenkét egyforma arcú és egyforma ruhájú leányt. Azok között volt az ő leánya is.

– No, válaszd ki az én leányomat a tizenkettő közül – azt mondja Pávatollnak.

Pávatoll nézegetni kezdte a leányokat, s közben titokban kinyitotta az iskátulyát, a légy kirepült belőle, s a király leányának a homlokára szállott. A királyleány hozzákapott a jobb kezével, ekkor hozzájárult Pávatoll, megfogta a kezét, elvezette a többi mellől, s azt mondta:

– Gyere, mert te vagy az, akiért én olyan sokat fáradtam, csak készülj, s indulj velem.

Egész nap a készülettel telt el. Másnap elindultak cifra szekéren, nagy pompával, s mikor egy sík mezőn mennének keresztül, látják, hogy egy kútra seregesen özönlik a nép. Megállnak mellette, s megkérdi az új menyasszony egy vízvivőtől, hogy miféle víz van abban a kútban, hogy azt olyan sokan ostromolják.

– Ennek élő-haló víz a neve – felelik neki –, s ennek olyan ritka nagy ereje van, hogy aki véletlenül hal meg, ha igen öreg nem volt, ebből csak megfecskendezik, s mindjárt feltámad.

A menyasszony merített egy korsóval a vízből, feltétette a szekérbe, s folytatták útjukat.

Mikor hazaérkeztek, meglátja Sándor király, hogy Pávatoll az új menyasszony mellett ül a szekérben. Szörnyű haragra lobbant, s meg akarta ölni, de megtürtőztette a haragját ezúttal.

Egy óra múlva gazdag rakott asztal mellé ültek, hat idegen király volt jelen, akiket Sándor király meghívatott vendégségbe. Mikor felkeltek jóllakva az asztal mellől, azt mondja Sándor király Pávatollnak:

– Készülj a halálra, mert meg kell halnod!

Szegény Pávatoll azt sem tudta, hogy mit tegyen ijedtében. Mentegetni kezdte magát, hogy ő csak azért ült a menyasszony mellé, mivel nem volt máshol hely a szekérben, s különben is ő volt a kikérő násznagy. A jelenvoltak közül senki sem sietett mentségére az új királynén kívül, de az is mindhiába, mert Sándor király kirántotta a kardját, s lecsapta Pávatoll fejét.

A nagy vigasság nagy szomorúságra változott, s elindult a vendégsereg, hogy kivigyék Pávatollat a temetőbe.

Mikor oda kiérkeznek, azt mondja az új királyné, hogy tegyék le a koporsót, nyissák fel, hadd lássa meg még egyszer azt, aki olyan sokat fáradozott érette.

Minthogy kedves volt a királyné, engedtek a szavának, letették a koporsót, s fel is nyitották. A királynénak kezében volt egy butélia megtöltve élő-haló vízzel, azzal megöntözte a halottat, s csak elbámult mindenki, mikor látták, hogy Pávatoll egyszer csak talpra állott.

Pávatoll, hogy felkelt a koporsóból, felkapta a kardját, mert az is melléje volt téve, s azt mondta Sándor királynak:

– No, háládatlan, tudd meg, hogy mikor jöttél a vadászatból a havasról, én mondottam neked a kopasz lófőből ezeket a szókat: „Hat királynak a fejét veszem, tied lesz a hetedik." Te az énbelőlem kinőtt borostyánfát kivágattad, s minden ágával együtt tűzre rakattad, s engemet, aki, hogy jó feleséget hozhassak neked, kockára tettem az életemet, s ezer veszély közt forogtam, elveszejtettél minden ok nélkül. Most már itt az idő, hogy meglakolj mindezekért, amit énellenem cselekedtél.

Ahogy ezeket elmondta, csak hirtelen elvágta a hat királynak a fejét, s utánuk a Sándorét, s behányta őket a kiásott sírba, azután megfogta a királyné jobb kezét, s azt mondotta:

– Gyere, menjünk haza, én a tied s te az enyém vagy. Tudom, jól tudod, mennyit szenvedtem, és mennyit fáradtam éretted.

Ezzel hazamentek, beszállottak a királyi udvarba, s ott nagy bőségben s békességben éltek együtt holtuk napjáig.

RÓZSA KIRÁLYFI

Volt egy királynak három fia. Ellenség ütött az országra, azt elfoglalta, a király is elesett. A királyfiak jó vadászok voltak, hárman három vadászkutyával odébb állottak a veszedelemből. Sokáig mentek, azt sem tudták, hova, végre egy legmagasabb havastetőn, ahol az út elágazott, elhatározták, hogy elválnak egymástól, külön-külön próbálnak szerencsét.

Megegyeztek, hogy egy magas fa hegyibe felállítanak egy hosszú póznát, s arra felkötnek egy fehér kendőt, amelyik a kendőt véresnek látja, induljon a testvérei után, mert valamelyiknek veszedelme van.

A legkisebb királyfi akit Rózsának hívtak, bal fele indult, a másik kettő jobb fele. Rózsa, mikor a hetedik havasba is bejutott, jó messze, meglátott ott egy szép kastélyt, s abba betért, mint fáradt utazó, hogy megszálljon.

Megnyílik este nagy dörömböléssel a kastély kapuja, hát hét nagy óriás állít be az udvarra s onnét a házba. Akkora volt mindegyik, mint egy nagy torony. Rózsa ijedtében az ágy alá suhant, de az óriások mihelyt beléptek, egyik azt mondta:

– Ci, milyen emberbűz van itt!

Megkeresték Rózsát, megtalálták, összeaprították, mint a torzsát, s az ablakon kihányták.

Reggel az óriások megint elmentek dolgukra, a bokorból előmászott egy szép leányfejű kígyó, s Rózsa testének minden kicsi darabját összeszedte, szépen összerakogatta, forrasztó fűvel megkenegette, s élő-haló vízzel meglocsolta. Rózsa egy perc alatt talpra szökött, s most hétszerte szebb s erősebb lett, mint azelőtt volt. Akkor a leányfejű kígyó is kibújt a kígyóbőrből hónaljig.

Rózsa, hogy olyan erős lett, bízott magában, s este nem bújt az ágya alá, hanem az óriásokat a kapuban várta haza. Azok mikor megérkeztek, előreküldték a szolgájukat, hogy azt a hitvány Ádám-maradékot összemorzsolják, de a szolgák nem bírtak vele, maguknak az óriásoknak kellett, hogy őt összeaprítsák.

Másnap reggel a leányfejű kígyó Rózsát megint életre hozta, ő maga pedig övig kibújt a kígyóbőrből. Rózsa kétszerte erősebb lett most, mint külön-külön egy-egy óriás.

Akkor este Rózsa a szolgákat mind megölte, s sok óriást is megsebzett, de a hét óriás mégis megölte őt.

Reggel, ahogy elmentek, a kígyó Rózsát megint feltámasztotta; Rózsa erősebb lett, mint a hét óriás együtt, s olyan szép, hogy a napra lehetett nézni, de reá nem. A leány is a kígyóbőrből egészen kikerekedett, be kedves két teremtés volt!

Akkor egymásnak a dolgaikat s életüket elbeszélték. Elbeszélte a leány, hogy ő is királyvérből való, hogy az ő apját az óriások ölték meg, s az országot elfoglalták, ez a kastély az ő apjáé volt, ahol az óriások laknak, s innen járnak ki mindennap, hogy a népet sarcolják. Őt magát egy jó kuruzsos dajkája kígyóvá változtatta, s megesküdött, hogy addig kígyóbőrben marad, míg az óriásokon bosszút állhat. De most, hogy

Rózsa olyan erős, hogy könnyen megfelelhet mind a hét óriásnak, róla is lerepedezett a kígyóbőr.

– Rajta hát Rózsa, pusztítsd el az óriásokat, nem leszek én se háládatlan!

Rózsa azt felelte:

– Kedves szép leány, te nekem az életemet három ízben adtad vissza, én sem lehetek háládatlan tehozzád, az óriásokat elpusztítom, s aztán te az enyém, én a tied.

Egymásnak holtig való szerelmet esküdtek, s igen jóízűen telt el a nap egészen estig.

Mikor este az óriások megérkeztek, Rózsa így szólott hozzájuk:

– Ugyebár, sok gazember, hogy háromszor öltetek meg? Most azt mondom, hogy ma ezen a kapun egyiketek sem teszi be a lábát! Vívjunk meg!

Az óriások nagy méreggel reá mentek, de most nem úgy lett, mint azelőtt kétszer; rendre őket mind megölögette, s akkor a kulcsokat a zsebükből kezéhez vette, a kastélynak minden szegelikát felkutatta, s látta, hogy bátorságban lehetnek, mert már egy lélek sincs a kastélyban.

Az éjszaka csendesen telt el. Reggel a kastély udvaráról Rózsa elnéz a havas tetőre a fehér kendő felé, s hát látja, hogy az egészen véres. Megbúsul, s azt mondja a szép leánynak:

– El kell mennem, hogy a két bátyámat felkeressem, mert rosszul megy soruk. Várj vissza engem, mert ha őket feltaláltam, minden bizonnyal visszajövök.

Avval felkészült, kardot kötött, nyilat, forrasztó füvet, élő-haló vizet vett magához, s éppen arra a helyre ment, ahol elváltak volt. Útjában lőtt egy nyulat. Mikor odaért a fához, elindult azon az úton, amerre a bátyjai mentek. Rátalált egy kicsi házikóra, s ott megállapodott. Látja, hogy a ház előtt a fához a két bátyja két vadászkutyája lánccal meg van kötve. Eloldja őket, tüzet csinál, s a nyulat sütni kezdi. Amint sütné, hallja, hogy a fán valaki dideregve azt kiáltozza:

– Jaj, de fázom!

Felszól a fára Rózsa királyfi:

– Ha fázol, gyere le s melegedjél!

Azt mondják rá fentről:

– Igen, de félek a kutyáktól!

– Ne félj, mert azok becsületes embert nem bántanak!

– Én hiszem – azt mondja az a valaki a fáról –, de mégis vesd közéjük ezt a hajszálat, hadd szagolják meg előbb, arról engem is megismernek!

Veszi Rózsa a hajszálat, s a tűzbe veti. A fáról leszáll egy vén boszorkány, odaül a tűz mellé s fűtözik. Felhúz egy nyársra egy varasbékát, s sütni kezdi. Amint sütné, mondani kezdi Rózsának:

– Az az enyém, ez a tied – s hozzáüti a varasbékát a nyúlhoz; Rózsa megmérgelődik, kirántja a kardot, s hozzákap a boszorkányhoz, s hát a kard egy hasábfává válott. Nekimegy a boszorkány, hogy megölje Rózsát, s azt mondja:

– No, most véged neked is, a testvéreidet is én öltem meg bosszúból, azért, hogy a hét óriás fiamat elpusztítottad!

Rózsa nekiuszítja a boszorkánynak a kutyákat, s azok addig fogják innen s túl, hogy vért eresztenek belőle. A vér a kardból lett hasábfára cseppent, s az rögvest visszaváltozott. Kapja Rózsa a kardot, s odaáll a boszorkány eleibe. Megijed a boszorkány, s könyörögni kezd, hogy ne bántsa, megmutatja, hova temette a bátyjait. Csak ezt várta Rózsa, azon nyomban hozzásújtott, s avval a boszorkány Plutóhoz költözött. Rózsa kiásta a bátyjait, az összedarabolt testüket összerakta, forrasztófűvel összeforrasztotta, s élő-haló vízzel feltámasztotta. Azok, mikor a szemüket kinyitották, s Rózsát megpillantották, mind a ketten azt mondották:

– Jaj, be sokat aludtam.

– Sokat bizony – azt mondta Rózsa –, de ha én ide nem jöttem volna, még most is aludnátok.

Elbeszélték Rózsának a bátyjai, hogy elválásuk után csakhamar meghallották, hogy az ellenség az országukból eltakarodott, s visszatértek a palotájukba. Úgy osztoztak, hogy az egyik, a nagyobbik, hazamenjen, s igazgassa az országot, a másik pedig keresse fel Rózsát. Akkor fordultak be a kis házikóba, s akkor bánt el velük a vén boszorkány.

Rózsa is elbeszélte nekik, miken ment keresztül, s azt mondotta:

– Te, nagyobbik bátyám, menj haza, ülj be apánk országába, te pedig, kisebbik bátyám, gyere velem, és igazgassuk ketten azt a nagy országot, amelyikben az óriások hatalmaskodtak.

Ebben megegyeztek, mindegyik elment a maga országába. Rózsa is felkereste a szép leányt, aki már magát úgy elbúsulta volt utána, hogy szinte elepedt, de hogy Rózsa megérkezett, egészen felvidult. Egybekeltek, nagy lakodalmat csináltak, eleget vendégeskedtek, a menyasszonyt jól megtáncoltatták, azután az óriásoktól megmentett nagy országot kezükre vették, ma is ott uralkodnak, ha meg nem haltak. Kerekedjenek egy tojáshéjba, s holnap legyenek a kigyelmetek vendégei.

SZÓMAGYARÁZATOK

alávaló gonosz, becstelen
De féltek, hogy világra jön az ő ***alávalóságuk****.*
áristom börtön, fogház; kisebb vétség büntetésének letöltésére szolgáló helység
A leány nem tudott többet fonni, ezért a király ***áristomba*** *tétette.*
ármádia sereg, hadsereg
Körülötted áll egy ***ármádia*** *huszár kihúzott karddal.*
bába 1. szülésznő 2. boszorkány
Betetette magát ***bábának*** *a királyné mellé.*
berbécs 1. kos vagy ürü (herélt kos) 2. juh
Alig mondja ki a parancsszót, a ***berbécs*** *körül a föld telidesteli lesz arannyal.*
borsószalma a kicsépelt borsó szára, melyet takarmányként hasznosítanak
Mind a kettőt ***borsószalmán*** *megégette.*
bujdosni vándorolni, menekülni
Tarisznyáljon fel, édesanyám, elmegyek ***bujdosni****.*
butélia szűk nyakú, lapos, hasábos vagy kerekded kisebb mázas cserépedény, amelyben pálinkát tartottak
A királynénak kezében volt egy ***butélia****, megtöltve élőhaló vízzel.*
cifra gazdagon díszített ruha, épület, beszéd
S amennyi falevél ott lehullva volt, az mind ***cifra*** *keszkenővé változott.*

cobók comb, rendszerint megsült szárnyas combja
Egyszer néz hátra a griff, s hogy nem volt hús, kapja magát Jankó, s vág a saját ***cobókjából.***

csorda állatcsoport; együtt legeltetett szarvasmarhák csoportja
Hazahajtják este a ***csordát*** *a vörös király udvarába.*

csúf 1. ravasz, gúnyolódó 2. ronda, nem szép 3. szégyen, gyalázat
Valami szélúrfi ***csúfságból*** *mind széthordta.*

elvásik elfogy, értéktelenné válik
Márpedig én addig megyek, ha a lábam térdig ***elvásik*** *is.*

feltarisznyál útravalót ad; tarisznyát megtölt étellel, itallal, pénzel
Jól ***feltarisznyálta,*** *s útnak indította.*

fortély ravasz ötlet, furfang, csel; valami probléma ötletes megoldása
Ezzel a ***fortéllyal*** *sikerült megmentenie az életét.*

fortélyos furfangos személy, aki ravasz ötletekkel szabadul ki a szorult helyzetekből
S addig ***fortélyoskodott,*** *hogy betetette magát bábának a királyné mellé.*

gomolya 1. tejtermék, sajt 2. (gomoly) elemeiben össze-vissza keveredett csomó, boly, tömeg
*Harmadnap újra beállított a róka, hozott a molnárnak egy ezüst****gomolyát.***

inas általában ipari vagy kereskedelmi tanuló, a szakmában még kezdő ember
Felülnek ketten két lóra az ***inasával,*** *s elindulnak ők utazni.*

istálló állatok tartására szolgáló, a lakóháztól külön álló épület

*A kisebbik pedig összejárt tizenhét **istállót**, sehol se kapott magának való lovat.*

járásbeli egy járásba tartozó

*A fiú itt is elbeszélte, hogy ő mi **járásbeli** volna.*

kanász 1. disznópásztor, kondás 2. faragatlan, nyers ember

*A **kanász** a fiával s az új pásztorral kihajtanak reggel százegy kövér disznót.*

kaszáló rendszeresen kaszált, rendbetartott földterület, rét, mező

*Jön a katona a **kaszálón** keresztül Udvarhely felé.*

korhely naplopó, léha, semmirekellő ember

*Ha jóravaló ember, a kardhoz kap, ha valami **korhely**, az aranyhoz.*

kőbálvány kőből kialakított szoborszerű faragvány

*S még azt is mondotta az az öreg varjú, hogy aki ezt hallja, s mások előtt elmondja, változzék **kőbálvánnyá**.*

megmejjeszteni (megmelleszteni) 1. általában szárnyas megkopasztása; tollat, szőrt az állat melléről nyúz, foszt; szőrt eltávolít 2. tép, marcangol

*A vörös király ad mindennap egy kövér disznót készen, **megmejjesztve**, azért a sárkánykirály sóval, fával, vízzel tartja a vörös királyt.*

nyeregkápa a nyereg elöl és hátul felmagasodó része

*Felkapta a **nyeregkápába**, s megrugaszkodott vele visszafelé.*

ördöngős furfangos, ravasz

*Tüstént elfogatta az **ördöngős** vén boszorkány szülét a leányával együtt.*

összefogontozni összekapaszkodni, összekapaszkodva harcolni

***Összefogontoznak** ketten.*

pall kézzel ütöget, ver

Beszökik a házba a katona, hagyja az aranyat, kapja a kardot, ***pallani*** *kezdi a tanácsosokat a kard fokával, lapjával, ahol éri.*

paripa ló

A két nagyobb választ magának a király lovai közül aranyszőrű ***paripát****.*

pirimókosan kevélyen, cicomásan, túl cifrán

Ott üldögélt egy helyben, szép kényesen, ***pirimókosan****, nem dolgozott semmit álló napestig.*

portéka áru

Neki tovább kell menni, mert itt nem kel a ***portékája****.*

remete magányosan, a világtól visszavonultan élő (vallásos) személy

Bemegy a házba és megkérdezi a ***remetét****.*

remeteház (remetelak) a remete egyszerű lakóháza

Amint megy, meglát messze-messze egy kőszikla havas aljában egy ***remeteházat****.*

rest lusta, dologtalan ember megnevezése

De Jankó se ***rest****, kapja magát, kiugrik a földből.*

rostély 1. rács 2. a kályha tűzterének alja

Ekkor a cinege kibújt a kalitkából, lerepült a tömlöc ***rostélyára****, s bement a leányhoz ott is.*

rút 1. csúf, nem szép 2. kellemetlen, szégyenletes dolog

A király nem sokáig gondolkozott, hanem elvette ezt a leányt feleségül, ki sem igen ***rút****, sem igen vén nem volt még.*

sikkaszt rábízott értéket eltulajdonít, saját hasznára fordít; eltűntet

A fiút, mikor megszületett, ***elsikkasztotta****, s az udvarbelieknek azt hazudta, hogy a királynénak a fia halva született.*

sing bornak a hordóban való mérésére használt mérőléc
A király parancsolatára a palota ablaka alá hét ***singnyire*** *beásták a földbe.*

skatulya kis zárható doboz, ládika
S arra kilövellkedett a víz fenekéről egy cifra ***aranyskatulya****.*

szerecsen fekete, néger
A ***szerecsen*** *király országában van az a szép leány, kinél szebb egy sincs a világon, annak a neve Világszépe.*

szurok kátrány égetése után fennmaradó fekete anyag; hevített állapotában forró, ragadós, fényes anyag
Szólni nem tudtak, se kiáltani, mert a ***szurok*** *beleragadt a torkukba, csak a karjukkal fenyegették, s idétlenül nyekegtek.*

szuszék parasztházak nagyobb, általában lábakon álló fedeles faládája; gabonát, lisztet tároltak benne
A molnár felkapta a rókát a két hátulsó lábánál fogva, bevetette egy üres ***szuszékba****, s ráverte a lakatot.*

szüle 1. szülő, édesanya 2. öreg nénike, anyóka
A vén boszorkány ***szüle*** *most még inkább csikorgatta a fogát mérgében.*

tanácsos 1. magas rangú tisztviselő 2. tanácsadó
Az öreg király ki is ment a fia eleibe a határszélre a ***tanácsosaival****.*

tarisznya nyakba vagy vállra akasztható nyitott táskaféle
Elővészi a ***tarisznyájából*** *a pogácsát, s kínálja.*

tikogni hőségtől elfáradva, kiszáradva kapkodni a levegő után
S úgy bevágta a torkába a csomó szurkot, hogy mindjárt csak ***tikogni*** *kezdett.*

tömlöc börtön, fogda, zárka

Hanem a fehér király hozassa le, tétesse ***tömlöc*** *fenekére.*

törmöl 1. rendszerint gyermek vagy fogatlan öregember majszol, rágcsál valamit 2. jószág takarmányt eszeget, rágcsál

Jankó nem hívatta magát kétszer, asztalhoz ült, a rézpogácsából kettőt csakhamar ***feltörmölt****.*

virradat 1. az az idő, amikor napfelkelte előtt világosodni kezd 2. jobb világ beköszönte

A királyfi alig várta, hogy ***megvirradjon****, hogy végre nagysokára halljon valamit Lételenországról.*

Nyomdai munkálatok: Vareg Hungary Kft.
Felelős vezető: Egyed Márton ügyvezető igazgató